W9-BZB-758

MIGUEL DE CERVANTES

Don Quijote de la Mancha

AURIGA

Adaptación: Antonio Cunillera

Cubierta e ilustraciones interiores: José Llobera

© EDICIONES RIALP, S. A.
Sebastián Elcano, 30
28012 - Madrid
Teléfono: 467 25 00
Decimotercera edición: Primer trimestre 1992
Depósito Legal:M. 4.062-1992
ISBN: 84-321-2482-6
Impreso por GRÁFICAS RÓGAR, S. A. Fuenlabrada (Madrid)
Impreso en España - Printed in Spain

INTRODUCCIÓN

AL LLEVAR A CABO LA ADAPTACIÓN DEL QUI-
jote se han tenido en cuenta los valores
intrínsecos de la obra y las esencias y
vivencias de los personajes.

El inmortal Cervantes al escribir
su obra, la más leída de todos los
tiempos, quiso poner «en aborrecimien-
to de los hombres las fingidas y dispa-
ratadas historias de los libros de caballería». He ahí, pues, uno de sus pro-
pósitos: crítica social, en la que iba
implicado un mensaje, reflejado en el
idealismo y el realismo, a través de
don Quijote y Sancho Panza. Esta dua-
lidad, presente en todas las páginas
de la novela, permitirá a Cervantes
ofrecer una narración amena y aleccio-
nadora.

La vida de Cervantes es una vida
llena de sinsabores y desventuras. Intervino en la batalla de Lepanto con
grave quebranto físico, estuvo cautivo
en Argel y a su regreso a España de-
sempeñó varios cargos oficiales en los
que siempre salió extremadamente per-
judicado.

Con toda esta existencia frustrada,
con agobios económicos continuos, con
problemas familiares, pasando en la
cárcel días y días, supo dar cima a una
creación inmortal, considerada como
una de las novelas más grandes de todos los tiempos.

La historia del hidalgo manchego,
que se volvió loco de tanto leer libros
de caballería, y que dio en el disparate
de imitar a los héroes andantes, no
es otra cosa que una llamada a la so-
ciedad de su tiempo y un reflejo de
las costumbres de la época. Pero al lado
del héroe hay el antihéroe: Sancho
Panza, el hombre remolón, el hombre

que no quiere crearse problemas y sólo vivir en paz, alejado de los sueños de su amo a quien respeta y quiere. Es un binomio que contribuye al equilibrio argumental de la novela. Y después, muchos personajes, todos ellos diseñados magistralmente. Inolvidables todos ellos. Y narración... y muchos diálogos que cautivan y entretienen... Y escenarios y ambientes que el lector va conociendo a través de esa ruta quijotesca que se inicia en un pueblecito de la Mancha «de cuyo nombre no quiero acordarme» y que llega hasta Barcelona, «archivo de la cortesía», y luego el regreso a su aldea, vencido por el caballero de la Blanca Luna. Y final-

mente, su muerte, una muerte apacible sin la pesadilla de la locura. El loco don Quijote es ya otra vez el cuerdo Alonso Quijano.

Y ahí está la obra y su autor. Una adaptación, claro está, pero conservando intactas su estilística, sus modos y formas.

Esperamos que todos nuestros lectores saboreen íntegramente sus valores literarios y capten esas características tan especiales de lo quijotesco y lo pancista, de lo ideal y lo práctico. En resumen: idealismo y materialismo, dos modos de ser y de vivir...

ANTONIO CUNILLERA

DON QUIJOTE DE LA MANCHA

PRIMERA PARTE

ESTA PRIMERA PARTE CONSTA DE ONCE CAPÍTULOS EN nuestra adaptación. Abarca desde que don Quijote salió de su aldea con *Rocinante*, esta vez sin el escudero, hasta su regreso al pueblo, acompañado del cura y el barbero. Muchas son las aventuras que en ella se cuentan. Entre otras citaremos la de la venta, donde fue armado caballero; la de Andrés y Juan Haldudo, la de los molinos de viento, la del vizcaíno, la de los yangüeses, la de la venta con el manteamiento de Sancho, la de las ovejas, la del yelmo de Mambrino, la de los galeotes, la de Cardenio y Dorotea y la de los episodios de la venta antes de regresar a su aldea.

CAPÍTULO I

DON QUIJOTE
Y SU PRIMERA SALIDA

EN UN LUGAR DE LA MANCHA, DE CUYO nombre no quiero acordarme, no hace mucho tiempo que vivía un hidalgo que poseía un antiguo escudo, una lanza en astillero, un rocín flaco y un galgo corredor. Era de condición modesta y así, las tres partes de su hacienda las consumía su frugal comida, y el resto, su sayo, unas calzas de velludo para las fiestas y sus pantuflos de lo mismo. En su casa tenía un ama que pasaba de los cuarenta y una sobrina que no llegaba a los veinte, y un mozo de campo y plaza que hacía las más diversas faenas. Frisaba la edad de nuestro hidalgo en los cincuenta años: era de complexión recia, seco de carnes, enjuto de rostro, gran madrugador y amigo de la caza. Dicen que su sobrenombre era Quijada o Quesada.

Los ratos que estaba ocioso (que eran los más del año), nuestro hidalgo leía libros de caballería. Esta lectura le hizo olvidar casi del todo el ejercicio de la caza y hasta la administración de su hacienda. Incluso vendió parte de sus tierras para comprar libros de caballería. Con tanta lectura el pobre caballero perdía el juicio, pues se desvelaba por entender las razones de sus héroes y descifrar el sentido de sus palabras. Se enfrascó tanto en la lectura de estos libros que se pasaba las noches de claro en claro; y así del poco dormir y del mucho leer se le secó el cerebro de tal manera que vino a perder el juicio. Y en este estado vino a dar en el más extraño pensamiento, es decir, hacerse caballero andante e ir por el mundo en busca de aventuras. Para este propósito, lo primero que hizo fue limpiar unas armas que habían sido de sus bisabuelos. Las limpió y aderezó lo mejor que pudo, pero vio que no tenían celada de encaje, sino morrión simple, mas lo solucionó en seguida porque de cartones hizo una media celada y la dio por buena. Fue luego a ver a su rocín, y aunque estaba más enfermo y flaco que el caballo de Gonela le pareció a él que era mejor que el *Bucéfalo* de Alejandro y el *Babieca* del Cid.

Nuestro hombre empezó a pensar qué nombre pondría a su rocín, y al cabo de cuatro días vino a llamarle *Rocinante*, nombre, a su parecer, alto, sonoro y muy significativo de todo lo que él creía.

Puesto nombre al caballo pensó un nombre para él, y estuvo unos ocho días pensándolo. Y al fin se vino a llamar don Quijote de la Mancha. Ahora sólo le faltaba buscar una dama de quien enamorarse. Y después de mucho pensar, recordó que en un lugar no cerca del suyo había una moza labradora de muy buen parecer, de quien él en un tiempo estuvo enamorado, aunque ella jamás lo supo. Esta mujer se llamaba Aldonza Lorenzo. Le buscó un nombre apropiado que sonase a princesa y gran señora y vino en llamarla Dulcinea del Toboso, nombre músico y peregrino y muy significativo.

Hechas todas estas prevenciones,

una mañana del mes de julio subió sobre *Rocinante*, tomó su lanza y por la puerta falsa de un corral salió al campo. Pero de pronto le asaltó una terrible duda que estuvo a punto de hacerle desistir de su empeño: no estaba armado caballero. Pero luego pensó que podría ser armado caballero durante el camino según él había leído en sus libros.

Iba caminando nuestro flamante aventurero y hablando consigo mismo: «¡Dichosa edad y siglo dichoso aquel en que saldrán a la luz las famosas hazañas mías, dignas de esculpirse en mármoles y pintarse en tablas, para memoria en lo futuro! Compadeceos, señora Dulcinea, de este vuestro rendido corazón que tantas penas por vuestro amor padece.»

Anduvo todo aquel día sin que le aconteciese cosa digna de mención. De pronto vio, no lejos del camino por donde iba, una venta que fue como si viera una estrella. Dióse prisa y llegó a ella al tiempo que anochecía.

Estaban a la puerta de la venta dos mujeres mozas, las cuales iban a Sevilla; don Quijote creyó que aquella venta era un castillo con sus cuatro torres, su puente levadizo y su hondo foso, y las mujeres le parecieron dos hermosas doncellas o graciosas damas. Llegó hasta la venta y las mujeres, al verle armado, se iban a retirar llenas de miedo, pero don Quijote les dijo:

—No huyan vuestras mercedes, ni teman daño alguno, pues a la orden de caballería que profeso no toca hacerlo a ninguno, y mucho menos a tan altas doncellas.

Mirábanle las mozas y, como se oyeran llamar doncellas, no pudieron contener la risa, lo cual molestó a don Quijote, que les dijo:

—Bien está la mesura en las hermosas y es mucha sandez la risa que procede de tan leve cosa; pero no os lo digo porque mostréis mal talante, que el mío no es otro que el de serviros.

El lenguaje, no entendido de las señoras, y el aspecto de nuestro caballero acrecentaba en ellas la risa, y en él el enojo; mas en aquel punto salió el ventero, el cual, viendo aquella figura contrahecha, estuvo a punto de acompañar a las doncellas en su risa; pero temiendo delante de tanta armadura, determinó hablarle comedidamente y así le dijo:

—Si vuestra merced, señor caballero, busca posada, amen del lecho, todo lo hallará en ella en abundancia.

Viendo don Quijote la humildad del alcaide de la fortaleza (que tal le pareció a él el ventero y la venta), respondió:

—Para mí, señor castellano, cualquier cosa basta, porque «mis arreos son las armas, mi descanso el pelear».

Pensó el huésped que el haberle llamado castellano había sido por haberle parecido de Castilla, aunque él era andaluz de la playa de Sanlúcar, y así le respondió:

—Según eso, las casas de vuestra merced serán «duras peñas», y «su dormir siempre velar»; y siendo así, bien se puede apear con seguridad de hallar en esta choza ocasiones para no dormir en un año, cuanto más en una noche.

Y diciendo esto, fue a tener el estribo de don Quijote, el cual se apeó con mucha dificultad y trabajo. Dijo luego al ventero que tuviera mucho cuidado con su caballo porque era el mejor del mundo. Miróle el ventero y no le pareció tan bueno como decía don Quijote, y poniéndole en la caballeriza fue a ver lo que necesitaba su huésped, al cual estaban desarmando las doncellas, las cuales no pudieron sacarle la celada, que traía atada con unas cintas verdes; mas él no lo quiso consentir de ninguna manera, y se quedó toda la noche con la celada puesta; y como se imaginaba que ellas eran algunas principales señoras y damas del castillo les dijo con mucho donaire:

—Nunca fuera caballero
de damas tan bien servido

como fuera don Quijote
cuando de su aldea vino:
doncellas cuidaban de él,
princesas de su rocino,

o *Rocinante*, que éste es el nombre de mi caballo, y don Quijote de la Mancha el mío.

Las mozas, no habituadas a este lenguaje, sólo le preguntaron si quería comer algo.

—Cualquier cosa comería, pues me iría bien.

Pusieron la mesa a la puerta de la venta y el ventero le trajo una porción de mal remojado y peor cocido bacalao y un pan muy negro. Y daba risa verle comer, porque como tenía puesta la celada no podía poner nada bien en la boca con sus manos si otro no se lo daba, y así una de aquellas señoras servía de este menester; no hubiera sido posible darle de beber si el ventero no hubiese horadado una caña y puesto un cabo en la boca, y por el otro le iba echando vino. Todo le parecía bien a don Quijote, pero su única pesadumbre era no verse armado caballero.

Preocupado por ello, don Quijote abrevió su cena y una vez acabada llamó al ventero, se encerró con él en la caballeriza, se hincó de rodillas ante él y le dijo:

—No me levantaré de donde estoy, valeroso caballero, hasta que vuestra cortesía me otorgue un don que quiero pedirle.

El ventero, confuso ante las palabras de don Quijote, accedió a lo que se le pedía.

—El don que os pido es que mañana me habéis de armar caballero; esta noche, en la capilla de este vuestro castillo, velaré las armas, y mañana podré ir ya en busca de aventuras en favor de los humildes y menesterosos.

El ventero, que ya sospechaba algo de la falta de juicio de aquel hombre, acabó de creerlo cuando le oyó semejantes palabras; y para reír aquella noche determinó seguirle el humor. Así le dijo que él en sus años mozos se había dado a aquel honroso ejercicio. Añadió que no había capilla en el castillo, pero que podía velar las armas en un patio y que a la mañana siguiente todo se haría como deseaba. También le preguntó si traía dinero, y como don Quijote respondiera negativamente, le dijo que era muy conveniente llevar las bolsas bien repletas por lo que pudiera suceder.

Don Quijote prometió que lo haría; así se decidió que velase las armas en un corral grande de la venta, y don Quijote tomó sus armas y las puso en una pila junto a un pozo, y luego tomando la lanza comenzó a pasear delante de la pila.

El ventero contó a cuantos estaban

en la venta la locura de su huésped y todos quedaron admirados y le fueron a observar desde lejos.

En esto, uno de los arrieros quiso dar de beber a su recua y tuvo que quitar las armas de don Quijote que estaban sobre la pila, pero nuestro hombre al verle le dijo en voz alta e indignada:

—¡Oh tú, quienquiera que seas, atrevido caballero, que tocas las armas del más valeroso andante que jamás se ciñó espada! Mira lo que haces si no quieres perder la vida...

No hizo caso el arriero de estas razones (y mejor fuera que lo hubiera hecho); antes, tomando las armas por las correas, las arrojó muy lejos. Lo cual visto por don Quijote, alzó los ojos al cielo, y puesto el pensamiento en su señora Dulcinea dijo:

—Ayudadme, señora mía, en esta primera afrenta que a vuestro avasallado pecho se le ofrece.

Y diciendo esto, alzó la lanza con las dos manos y dio con ella tan gran golpe al arriero en la cabeza, que le derribó en el suelo. Hecho esto recogió sus armas y volvió a pasearse con el mismo reposo que al principio. A poco vino otro con la misma intención de dar agua a sus mulos y quitando las armas de la pila. Don Quijote, sin hablar palabra ni encomendarse a nadie, alzó la lanza e hizo más de tres la cabeza del segundo arriero, porque se la abrió en cuatro. Al ruido acudió la gente y el ventero. Viendo esto don Quijote, embrazó su escudo, y puesta mano a su espada dijo en tono de gran sosiego:

—¡Oh señora de la hermosura, esfuerzo y vigor del debilitado corazón mío! Ahora es tiempo de que vuelvas los ojos de tu grandeza a este tu cautivo caballero que tamaña aventura está atendiendo.

Los compañeros de los heridos comenzaron a tirar piedras contra don Quijote, el cual se defendía como podía con su escudo.

El ventero gritaba que le dejaran, que ya les había dicho que estaba loco. Don Quijote daba voces llamándoles alevosos y traidores, diciendo que el señor del castillo era un mal nacido caballero. Decía esto con tanto brío, que infundió un terrible miedo en los que le acometían; y así, le dejaron de tirar, y él volvió a la vela de sus armas con la misma quietud que al principio. No le parecieron bien al ventero las burlas de su huésped, y determinó abreviar y concederle la negra orden de caballería antes de que sucediese otra desgracia. Así, llegándose a él, se disculpó de la insolencia de aquellas gentes y le prometió que ya serían castigados. Díjole que ya había cumplido con la vela de las armas, pues sólo eran necesarias dos horas y él había estado cuatro, y que le daría en seguida la pescozada y el espaldarazo, y con ello quedaría armado caballero.

Todo se lo creyó don Quijote y le dijo que lo hiciera lo más pronto posible, y que luego de ser armado caballero no dejaría persona viva en el castillo excepto las que él le ordenase.

Asustado, el castellano trajo un libro y con un cabo de vela y con las dos doncellas se vino adonde estaba don Quijote; éste se hincó de rodillas, y el ventero leyó en su manual, alzó la mano y dióle sobre el cuello un buen golpe, y después, con su misma espada, el espaldarazo. Hecho esto, mandó a una de aquellas damas que le ciñese la espada. Así lo hizo ésta con mucha desenvoltura y don Quijote le preguntó cómo se llamaba. Ella respondió que se llamaba la Tolosa y que era hija de un remendón de Toledo. Don Quijote le replicó que por su amor se pusiese don y se llamase a partir de aquel momento doña Tolosa.

La otra mujer le calzó la espuela y nuestro caballero le preguntó igualmente cómo se llamaba. Ella dijo que la Molinera y que era hija de un honrado molinero de Antequera; a la cual también rogó don Quijote que se pusiese el don y se llamase doña Molinera.

Después de esto, don Quijote ensilló a *Rocinante*, subió en él y abrazó a su huésped, diciéndole cosas tan extrañas que no es posible acertar a repetirlas. El ventero, para verle fuera de allí, respondió con breves palabras y ni siquiera le pidió el coste de la posada, dejándole ir en buena hora.

La del alba sería cuando don Quijote salió de la venta, tan contento y tan gallardo por verse ya armado caballero que el gozo le reventaba por las cinchas de su caballo. Mas viniéndole a la memoria los consejos de su huésped acerca de los dineros, determinó volver a su casa y proveerse de todo y de un escudero, pensando en tomar como tal a un labrador vecino suyo que era pobre y con hijos. Con este pensamiento guió a *Rocinante* hacia su aldea.

No había andado mucho cuando le pareció que a su mano diestra, de la espesura de un bosque que allí estaba, salían unas voces delicadas, como de una persona que se quejara.

—Gracias doy al cielo por la merced que me hace. Estas voces son, sin duda, de algún menesteroso o menesterosa que necesita de mi favor y ayuda.

Y volviendo las riendas, encaminó a *Rocinante* hacia donde le pareció que las voces salían. Y a los pocos pasos que entró por el bosque, vio una yegua atada a una encina, y atado a otra un muchacho, desnudo de medio cuerpo arriba, de la edad de quince años, que era el que daba las voces, y no sin causa, porque le estaba dando con una correa muchos azotes un labrador de buen talle; y cada azote lo acompañaba de una reprensión y consejo, porque decía:

—La lengua queda y los ojos listos.

—No lo haré otra vez —decía el muchacho entre sollozos—; yo prometo de ahora en adelante tener más cuidado con la manada.

Intervino don Quijote con voz airada.

—Descortés caballero, mal parece pegar a quien defender no se puede. Subid sobre vuestro caballo, tomad la lanza y yo os daré a conocer que es de cobardes lo que hacéis.

Al ver aquella figura llena de armas el labrador tuvo miedo y respondió con buenas palabras:

—Este muchacho es mi criado que guarda mi manada de ovejas, pero es tan descuidado que cada día me falta una. Y porque castigo su descuido, dice que lo hago por no pagarle el sueldo y yo digo que miente.

—Pagadle ahora si no queréis que os traspase de parte a parte con esta lanza. ¡Desatadle en seguida!

El labrador obedeció sin rechistar y don Quijote preguntó al muchacho que cuánto le debía su amo. Él dijo que nueve meses a siete reales cada mes, o sea, sesenta y tres reales. El labrador dijo que no eran tantos, pues debía descontarle tres pares de zapatos y un real de dos sangrías.

—Quédense los zapatos y las sangrías por los azotes que le habéis dado.

—El caso es, señor caballero, que no tengo aquí dinero; véngase Andrés conmigo a mi casa, que yo se los pagaré.

—¡Irme yo con él! —dijo el muchacho—. No, señor, ni por pienso; porque en viéndome solo, me desollará como a un san Bartolomé.

—No hará tal —replicó don Quijote—: basta que yo se lo mande para que me tenga respeto; y con que él me lo jure por la ley de la caballería, le dejaré ir libre y aseguraré la paga.

—Mire vuestra merced, señor, lo que dice —dijo el muchacho—; que este mi amo no es caballero, ni ha recibido orden de caballería alguna; que es Juan Haldudo, el rico, vecino de Quintanar.

—Importa poco eso —respondió don Quijote—, puesto que también puede haber Haldudos caballeros.

—Así es verdad —dijo Andrés— que este mi amo me niega mi paga. Y así está todo.

—No niego, hermano Andrés —respondió el labrador—; y haced el favor de veniros conmigo, que yo juro por todas las órdenes de caballería que hay en el mundo que he de pagaros, como tengo dicho, un real sobre otro, y aun perfumados.

—Dádselos en reales —dijo don Quijote—, que con eso me contento; y mirad que lo cumpláis tal como habéis jurado; si no, volveré a buscaros y a castigaros, y sabed que yo soy el valeroso don Quijote de la Mancha, el deshacedor de agravios. Quedad con Dios y no olvidéis lo prometido y jurado.

Y en diciendo esto, picó a su *Rocinante* y en breve espacio se apartó de ellos.

Siguióle el labrador con los ojos; y cuando vio que había salido del bosque y que ya no se veía, volvióse a su criado Andrés y le dijo:

—Venid acá, hijo mío, que os quiero pagar lo que os debo, como aquel deshacedor de agravios me dejó mandado.

—Eso juro yo —dijo Andrés—; que andará vuestra merced acertado en cumplir el mandamiento de aquel buen caballero que mil años viva.

—También lo juro yo —dijo el labrador—; mas, por lo mucho que os quiero, quiero aumentar la deuda para aumentar la paga.

Y agarrándole del brazo, le volvió a atar a la encina, donde le dio tantos azotes que le dejó por muerto.

Pero al fin le desató y Andrés se marchó de allí jurando ir en busca del valeroso don Quijote de la Mancha y contarle todo lo que había pasado.

Y de esta manera deshizo el agravio el valeroso caballero andante, el cual, contentísimo, iba caminando hacia su aldea.

Y habiendo andado varias millas, descubrió un gran tropel de gente, que eran unos mercaderes toledanos que iban a comprar seda a Murcia; y por imitar lo que había leído en sus libros apretó la lanza y esperó a que llegasen aquellos caballeros andantes (ya que él los tenía por tales), y cuando llegaron a una distancia que le pudieran ver y oír habló así:

—Que todos confiesen que no hay en el mundo doncella más hermosa que Dulcinea del Toboso, emperatriz de la Mancha.

Todos quedaron asombrados y pronto comprendieron su locura, y uno de ellos, que era un poco burlón, le dijo:

—Señor caballero, nosotros no conocemos quién sea esa buena señora que decís: mostrádnosla, y si ella fuere de tanta hermosura, de buena gana confesaremos la verdad.

—Si os la mostrara —replicó don Quijote—, ¿qué hicierais vosotros en confesar una verdad tan notoria? La importancia está en que sin verla lo habéis de creer; si no entraréis en batalla conmigo, gente descomunal y soberbia.

—Señor caballero —replicó el mercader—, suplico a vuestra merced, en nombre de todos los príncipes que aquí estamos, que para no cargar nuestras conciencias confesando una cosa por nosotros jamás vista ni oída, que vuestra merced nos muestre algún retrato de esa señora, y quedaremos con esto satisfechos y seguros; y aunque su retrato nos muestre que es tuerta de un ojo, por complacer a vuestra merced, diremos en su favor todo lo que quisiere.

—No es tuerta, canalla infame —respondió don Quijote, encendido en cólera—; no es tuerta ni corcovada, sino más derecha que un huso de Guadarrama. Pero vosotros pagaréis la gran blasfemia que habéis dicho de tamaña beldad como es la de mi señora doña Dulcinea.

Y diciendo esto arremetió con la lanza baja contra el que lo había dicho, con tanta furia y enojo, que si la buena suerte no hiciera que en la mitad del camino tropezara y cayera *Rocinante*

lo pasara mal el atrevido mercader. Cayó *Rocinante* y fue rodando su amo por el campo, y aunque quiso levantarse no pudo con el peso de las antiguas armas. Y mientras intentaba levantarse, iba diciendo:

—No huyáis, gente cobarde, gente cautiva, atended; que no por culpa mía sino de mi caballo *Rocinante* estoy aquí tendido.

Un mozo de mulas de los que allí venían, que no debía ser muy bien intencionado, oyendo decir al pobre caído tantas arrogancias, no lo pudo soportar y llegándose a él tomó la lanza y, después de haberla hecho pedazos, comenzó a dar a don Quijote tantos palos que, a pesar de sus armas, le dejó molido.

Al fin se cansó el mozo de apalearle y los mercaderes siguieron su camino, abandonando al pobre caído; el cual, cuando se vio solo, volvió a probar si podía levantarse; pero si no lo pudo hacer cuando estaba sano, ¿cómo lo haría molido y casi deshecho?

14

CAPÍTULO II

REGRESO A LA ALDEA

VIENDO, EN EFECTO, QUE NO PODÍA MEnearse, decidió acogerse a su ordinario remedio, que era pensar en alguno de sus libros; y su locura le trajo a la memoria aquel trozo del marqués de Mantua, cuando Carloto le dejó herido en la montaña. Así comenzó a revolcarse por tierra y a decir lo mismo que decía el herido caballero del Bosque:

—¿Dónde estás, señora mía,
que no te duele mi mal?
O no lo sabes, señora,
o eres falsa y desleal.

Y de esta manera siguió recitando hasta llegar a aquellos versos que dicen:

—¡Oh noble marqués de Mantua,
mi tío y señor carnal!

Y quiso la suerte que acertara a pasar por allí un labrador vecino suyo, el cual le preguntó quién era y qué tal se sentía. Pero don Quijote siguió recitando los versos sin hacer caso de sus preguntas.

El labrador estaba admirado oyendo aquellos disparates; le quitó la visera y le reconoció.

—Señor Quijano (que así debía llamarse cuando estaba en su sano juicio), ¿quién ha puesto a vuestra merced en este estado? ¿Cómo ha podido ocurrirle semejante cosa?

Pero don Quijote seguía con su romance. El buen hombre le quitó el peto y el espaldar, pero no vio sangre alguna. Procuró levantarle y le subió sobre su jumento. Recogió las armas, las lió sobre *Rocinante*, al cual tomó de las riendas, y se encaminó a su pueblo.

Por fin, llegaron al lugar cuando ya anochecía. El labrador entró en el pueblo y en la casa de don Quijote, la cual halló toda alborotada, pues estaban en ella el cura y el barbero del lugar, que eran grandes amigos de don Quijote, y estaba diciéndoles su ama a voces:

—¿Qué le parece a vuestra merced, señor licenciado Pedro Pérez (que así se llamaba el cura), de la desgracia de mi señor? Hace dos días que no aparecen ni él, ni el rocín, ni el escudo, ni la lanza, ni las armas. ¡Desventurada de mí! Me parece que estos libros de caballería, que él tiene y suele leer de ordinario, le han trastornado el juicio.

La sobrina decía lo mismo y aún decía más:

—Sepa, señor maese Nicolás (que éste era el nombre del barbero), que muchas veces mi señor tío se estaba leyendo estos desalmados libros de desventuras dos días con sus noches, al cabo de los cuales arrojaba el libro, echaba mano a la espada y andaba a cuchilladas con las paredes; y cuando estaba muy cansado, decía que había matado a cuatro gigantes como cuatro torres, y el sudor que tenía por el cansancio decía que era sangre de las heridas recibidas en la batalla; y bebíase luego un jarro de agua fría, y quedaba sano, diciendo que aquélla era una preciosísima bebida, que le había traído el sabio Esquife, gran encantador y amigo suyo. Mas yo tengo la culpa de todo por no haber avisado a vuestras mercedes de los disparates de mi señor tío, para que lo remediaran antes de llegar a lo que ha llegado, y quemaran todos esos libros.

—Eso digo yo también —dijo el cura—; y no se pasará el día de mañana sin que sean condenados al fuego.

Todo esto lo estaba oyendo el labrador; así, acabó de entender la enfermedad de su vecino, y comenzó a decir a grandes voces:

—Abran vuestras mercedes al señor Baldovinos y al señor marqués de Mantua, que viene malherido; y al señor moro Abindarráez, que trae cautivo al valeroso Rodrigo de Narváez, alcaide de Antequera.

A estas voces salieron todos; y conociendo los unos a su amigo, las otras a su amo y tío, que aún no se había apeado del jumento porque no podía, corrieron a abrazarle. Pero él dijo:

—Párense todos, que vengo malherido por culpa de mi caballo. Llévenme a mi lecho y llamen a la sabia Urganda para que cure mis heridas.

—Si me decía bien el corazón de qué pie cojeaba mi señor —dijo el ama—. Suba vuestra merced, que sin que venga esa Urganda lo sabremos curar aquí.

Lleváronle en seguida a la cama, pero no le hallaron heridas, y don Quijote dijo que todo era molimiento por haber dado una gran caída con *Rocinante* combatiendo con los diez rufianes más atrevidos de la Tierra.

Hiciéronle a don Quijote mil preguntas, pero no quiso responder a ninguna. Sólo dijo que le diesen de comer y le dejasen dormir.

Así se hizo y el cura se informó por el labrador del modo que había hallado a don Quijote. Él se lo contó todo, lo cual acrecentó en el licenciado el deseo de hacer lo que al otro día hizo, que fue llamar a su amigo el barbero, con el cual se vino a casa de don Quijote, y entre ambos hicieron lo que ahora se explicará.

El cura pidió a la sobrina las llaves del aposento donde estaban los libros autores del daño, y ella se las dio de muy buena gana. Y aprovechando que don Quijote dormía, entraron todos y hallaron más de cien libros grandes y otros pequeños, y el ama dio al cura un poco de agua bendita y un hisopo y dijo:

—Tome; rocíe este aposento, no esté aquí algún encantador y nos encante a nosotros porque les queremos echar del mundo.

Rió el cura y mandó al barbero que le fuese dando los libros, pues podía haber alguno que no mereciese el castigo del fuego.

—No hay por qué perdonar a ninguno —dijo la sobrina—. Todos han sido dañadores y mejor será arrojarlos por las ventanas al patio y hacer con ellos un montón y pegarles fuego. Así será mejor.

El ama fue del mismo parecer, pero el cura no quiso hacerlo sin leer por lo menos los títulos. Y el primero que le dio maese Nicolás fue el *Amadís de Gaula*. El cura dijo entonces:

—Este libro fue el primero de caballerías que se imprimió en España, y todos los demás han tomado origen de éste, y así me parece que le debemos condenar al fuego sin excusa alguna.

—También he oído decir —repuso el barbero— que es el mejor de todos los que se han compuesto de este género, y así se le debe perdonar por ser único en su arte.

—Es verdad y por ello se le otorga la vida por ahora. Veamos otro.

—*Las sergas de Esplandián*, hijo de Amadís —dijo el barbero.

—Pues no se salvará el hijo por la bondad de su padre. Echadlo al corral.

Así lo hizo el ama con mucho contento.

—Éste que viene es *Amadís de Gre-*

cia y los de este lado son de la misma familia de Amadís.

—Pues vayan todos al corral —ordenó el cura.

—Éste es *Olivante de Laura* —explicó maese Nicolás.

—El autor de este libro fue el mismo que compuso *Jardín de flores*. Ambos están llenos de mentiras. Al corral con ellos.

—Éstos otros son *Florismarte de Hircania* y *El caballero Platir* —dijo el barbero.

—No hay por qué perdonarles. Que acompañen a los demás —replicó el cura.

Abrieron otro libro y vieron que tenía por título *El caballero de la cruz*.

—Por el nombre tan santo que tiene se le podría perdonar; mas también se suele decir que tras la cruz está el diablo. Vaya al fuego —ordenó el cura.

Tomando el barbero otro libro dijo:

—Éste es *Espejo de caballerías*.

—Ya conozco a su merced —dijo el cura—; y estoy por condenarlo tan sólo a destierro perpetuo, porque tiene parte de la invención del famoso Mateo Boyardo y también de Ludovico Ariosto, al cual, si le veo aquí en otra lengua que la suya, no le tendré respeto; mas si está en su idioma, le pondré sobre mi cabeza.

Todo lo confirmó el barbero; y abriendo otro libro vio que era *Palme-*

rín de Oliva, y junto a él estaba otro que se llamaba *Palmerín de Inglaterra,* lo cual, visto por el licenciado, dijo de este modo:

—Esa Oliva se queme inmediatamente, y esa Palma de Inglaterra se guarde y se conserve como cosa única. Este libro, señor compadre, tiene autoridad por dos cosas: la una, porque de por sí es muy bueno, y la otra porque es fama que lo compuso un rey de Portugal. Digo, pues, salvo vuestro parecer, señor maese Nicolás, que éste y *Amadís de Gaula* queden libres del fuego, y todos los demás perezcan.

—No, señor compadre —replicó el barbero—; que este que aquí tengo es el afamado *Don Belianís*.

—Pues con ése —replicó el cura—, y con la segunda, tercera y cuarta parte, se usará de misericordia; y por lo tanto, tenedlos vos en vuestra casa, mas no los dejéis leer a ninguno.

Y sin querer cansarse más en leer libros de caballerías, mandó al ama que tomase todos los grandes y los echase al corral.

No se hizo de rogar el ama; y asiendo casi ocho de una vez los arrojó por la ventana.

—Este libro es —dijo el barbero abriendo otro— *Los diez libros de Fortuna de Amor*, compuestos por Antonio de Lofrasso.

—Por las órdenes que recibí —dijo

el cura— que no se ha compuesto libro tan gracioso ni tan disparatado como ése. Dádmelo acá, compadre, que estoy más contento de haberlo hallado que si me regalaran una sotana nueva. De verdad que es así.

Púsolo aparte, muy contento, y el barbero prosiguió diciendo:

—Estos que siguen son *El pastor de Iberia, Ninfas de Henares y Desengaño de celos.*

—Pues no hay más que hacer —dijo el cura— que entregarlo al ama; y no se me pregunte el porqué, pues sería cosa de nunca acabar.

—Este que viene es *La Galatea*, de Miguel de Cervantes —dijo el barbero.

—Hace muchos años que es gran amigo mío ese Cervantes y sé que entiende más en desdichas que en versos. Su libro tiene algo de buena invención. Es menester esperar la segunda parte. Entretanto, tenedlo guardado en vuestra casa, señor compadre.

CAPÍTULO III

SEGUNDA SALIDA DE
NUESTRO BUEN CABALLERO

Estando en esto, don Quijote comenzó a dar voces.

—¡Aquí, valerosos caballeros! ¡Aquí habéis de mostrar la fuerza de vuestros brazos!

Acudieron todos adonde estaba don Quijote, el cual proseguía en sus desatinos dando cuchilladas a todas partes. Entre todos le obligaron a volver al lecho y después que se hubo sosegado dijo al cura:

—No está bien, señor arzobispo Turpín, que los que nos llamamos doce pares dejemos que lleven la victoria de este torneo los caballeros cortesanos.

—Calle, vuestra merced —contestó el cura—, que Dios hará que la suerte cambie y que lo que hoy se pierde se gane mañana, y atienda vuestra merced a su salud, que me parece que debe estar malherido.

—Herido no, pero sí molido y quebrantado. Y por ahora tráiganme de comer, que es lo que más me conviene.

Le dieron de comer y se quedó otra vez dormido.

Aquella noche el ama quemó todos los libros que había en el corral y en la casa. El cura y el barbero ordenaron que tapiasen el aposento de los libros para que así cuando se levantase don Quijote no los hallase y que dijesen que un encantador se los había llevado. Y así se hizo todo con mucha rapidez.

Al cabo de dos días se levantó don Quijote y al no ver los libros preguntó que dónde estaban. La sobrina contestó, aleccionada por el cura, que un encantador que vino sobre una nube se los había llevado todos. Dijo la sobrina que este encantador afirmó llamarse Muñatón.

—Fristón diría yo —replicó don

Quijote—. Éste es un sabio encantador, gran enemigo mío, que procura hacerme el máximo daño posible, pero no podrá evitar lo que por el cielo está ordenado.

—¿Quién duda de eso? —dijo la sobrina—. Pero ¿quién le mete a vuestra merced, señor tío, en esos asuntos? ¿No será mejor estarse pacífico en su casa?

—¡Oh, sobrina mía —respondió don Quijote—, qué mal enterada estás!

No quisieron las dos replicarle más porque vieron que se indignaba.

El caso es que él estuvo quince días en casa muy sosegado, y en estos días tuvo unas conversaciones graciosísimas con el cura y el barbero, pues decía que lo que más necesitaba el mundo eran caballeros andantes. En este tiempo se puso al habla don Quijote con un labrador vecino suyo, hombre de bien, pero de muy poco seso en la mollera. En resumen, tanto le dijo, tanto le persuadió y prometió que el pobre villano se determinó a salir con él y servirle de escudero. Con estas promesas, Sancho Panza (que así se llamaba el labrador) dejó a su mujer y a sus hijos, y se puso al servicio de su vecino en calidad de escudero.

Dio luego don Quijote orden de buscar dineros; y vendiendo una cosa y empeñando otra, reunió una razonable cantidad. Se procuró asimismo una lanza, que pidió prestada a un amigo;

y arreglando su rota celada lo mejor que pudo avisó a su escudero Sancho del día y la hora en que pensaba ponerse en camino, para que él se proveyese de lo que consideraba más necesario; sobre todo le encargó que llevase alforjas. Él dijo que sí llevaría, así como también un asno muy bueno que tenía, porque él no estaba acostumbrado a andar mucho a pie.

En lo del asno puso algún reparo don Quijote, tratando de recordar si algún caballero andante había llevado un escudero que montase un asno, pero ninguno le vino a la memoria; mas a pesar de todo decidió que lo llevase, pensando que le procuraría mejor montura en cuanto hubiere ocasión para ello, quitándole el caballo al primer caballero descortés que topase. Se proveyó de camisas y de las demás cosas que pudo, conforme al consejo que el ventero le había dado; y hecho todo esto, sin despedirse Panza de su mujer y sus hijos, ni don Quijote de su ama y sobrina, una noche se marcharon del lugar sin que persona alguna los viese; y caminaron tanto que al amanecer se creyeron seguros de que no los hallarían aunque los buscasen.

Sancho Panza iba sobre su jumento y con deseos de verse ya gobernador de la isla que su amo le había prometido. Acertó don Quijote a tomar el mismo camino que en su primer viaje, que fue el campo de Montiel. En esto descubrieron treinta o cuarenta molinos de viento, y en cuanto don Quijote los vio dijo a su escudero:

—La ventura va guiando nuestros pasos; allí, amigo Sancho, están treinta gigantes con quienes pienso entrar en batalla y vencerles.

—¿Qué gigantes? —preguntó Sancho—. Aquellos que allí aparecen son molinos de viento.

—No entiendes tú de esto. Son gigantes, y si tienes miedo, apártate y ponte en oración que yo voy a entrar con ellos en fiera y desigual batalla.

Y diciendo esto, picó espuelas a su *Rocinante* en dirección a los molinos mientras decía en voz alta:

—No huyáis, cobardes y viles criaturas, que es un caballero solo el que os acomete.

Y diciendo esto, y encomendándose a su señora Dulcinea, arremetió y embistió al primer molino que estaba delante; y dándole una lanzada en el aspa la volvió el viento con tanta furia que hizo pedazos la lanza, llevándose tras sí al caballo y al caballero, que fue rodando por el campo muy maltrecho.

Sancho Panza acudió a socorrerle.

—¡Válgame Dios! ¿No le dije yo no eran sino molinos de viento?

—Calla, Sancho, que las cosas de la guerra cambian continuamente. Además, yo pienso que aquel sabio Fristón

que me robó los libros ha convertido esos gigantes en molinos para quitarme la gloria de su vencimiento.

Sancho Panza ayudó a levantar a su amo y lo subió sobre *Rocinante*. Y hablando de la pasada aventura siguieron el camino de Puerto Lápice, y don Quijote explicaba a su escudero:

—Recuerdo haber leído que un tal Diego Pérez de Vargas, habiéndosele roto la espada, arrancó de una encina una pesada rama y con ella machacó tantos moros que le quedó por sobrenombre Machuca. Digo esto porque de la primera encina que encontremos pienso arrancar una rama tan buena como aquélla y realizar tantas hazañas que tú estés orgulloso de verlas.

—Así lo quiera Dios —repuso Sancho—; yo lo creo todo tal como vuestra merced lo dice; pero enderécese un poco, que parece que va de medio lado y debe de ser del molimiento de la caída.

—Ésa es la verdad —respondió don Quijote—; y si no me quejo del dolor, es porque no está bien que los caballeros andantes se quejen de herida alguna.

—Siendo así, nada tengo que replicar —respondió Sancho—; pero yo preferiría que vuestra merced se quejara cuando le doliera alguna cosa. En cuanto a mí, me he de quejar al más pequeño dolor que tenga, si no reza

también con los escuderos de los caballeros andantes eso del no quejarse.

Don Quijote rió muy a gusto de la simplicidad de su escudero y le dijo que podía quejarse como y cuando quisiese, con ganas o sin ellas, que hasta entonces no había leído nada en contra de ello en la orden de caballería. Díjole Sancho que se fijase en que era la hora de comer, pero su amo respondió que por entonces no lo necesitaba; que comiese él cuando se le antojase. Así, pues, Sancho se acomodó lo mejor que pudo sobre su jumento, y mientras caminaba despacio tras de su amo iba comiendo y empinando la bota muy a gusto; y no le parecía ningún trabajo el ir buscando aventuras, por muy peligrosas que fuesen, sino más bien un gran descanso.

Aquella noche la pasaron entre unos árboles, y de uno de ellos arrancó don Quijote un tronco seco que casi podía servir de lanza y púsole la punta de hierro de la que se había roto. En toda la noche no durmió don Quijote, pensando en su señora Dulcinea. Pero Sancho Panza, que tenía el estómago lleno, durmió de un tirón; tanto es así que, si su amo no le llamara, no hubiera despertado ni con los rayos del sol ni con el canto de las aves. No quiso desayunarse don Quijote, porque se sustentaba de sabrosas memorias. Tornaron a seguir el camino de Puerto Lápice, y a eso de las diez de la mañana lo descubrieron.

—Aquí —dijo al verlo don Quijote— podemos, hermano Sancho Panza, meter las manos hasta los codos en eso que llaman aventuras; mas advierte que, aunque me veas en los mayores peligros del mundo, no has de poner mano en tu espada para defenderme, si no vieras que los que me ofenden son gente baja, porque en tal caso puedes ayudarme; pero si fueren caballeros, en ningún modo te está permitido por las leyes de la caballería que me ayudes, hasta que seas armado caballero.

—Digo que así lo haré —repuso Sancho.

Mientras estaban hablando asomaron por el camino dos frailes de San Benito montados en dos mulas. Detrás de ellos venía un coche con cuatro o cinco de a caballo que le acompañaban y dos mozos de mulas a pie. Iba en el coche una señora vizcaína camino hacia Sevilla, donde la esperaba su marido. Apenas vio a los frailes don Quijote dijo a su escudero:

—O yo me engaño o ésta ha de ser la más famosa aventura que se haya visto. Aquellos bultos negros que allí aparecen deben de ser algunos encantadores que llevan raptada a una princesa y es menester deshacer ese agravio con todo mi poderío.

—Mire, señor, que aquéllos son frailes de San Benito, y el coche debe de ser alguna gente pasajera —repuso Sancho Panza.

—Sabes muy poco de aventuras, Sancho.

Y diciendo esto, don Quijote se adelantó y se puso en mitad del camino por donde venían los frailes y cuando estuvieron cerca les gritó:

—Gente endiablada, dejad a las princesas que lleváis forzadas en ese coche; si no, preparaos a recibir la muerte como castigo.

Los frailes se detuvieron y quedaron admirados de la figura de don Quijote. Luego respondieron:

—Nosotros no somos endiablados, sino dos religiosos de San Benito que llevamos nuestro camino; y no sabemos si en este coche vienen forzadas princesas.

—Para conmigo no hay palabras blandas, que ya os conozco, canalla ruin —dijo don Quijote.

Y sin esperar más respuesta, picó espuelas a *Rocinante;* y con la lanza arremetió contra el primer fraile con tanta furia, que si no se dejara caer de la mula él le hubiera hecho ir por el suelo. El segundo religioso no esperó la acometida y comenzó a correr por aquel campo más ligero que el viento.

En cuanto vio al fraile en el suelo, Sancho arremetió contra él y empezó a quitarle los hábitos. Llegaron en este momento los dos mozos de los frailes y arremetieron contra Sancho moliéndole a coces y le dejaron tendido en el suelo, sin aliento ni sentido.

Mientras tanto, don Quijote estaba hablando muy comedidamente con la señora del coche.

—Vuestra hermosura, señora mía, puede hacer lo que más desee, pues la soberbia de vuestros raptores yace por el suelo; sabed que yo me llamo don Quijote de la Mancha, aventurero y cautivo de la sin par Dulcinea del Toboso y en pago al beneficio que os he hecho sólo os pido que os presentéis de mi parte a esta señora y le digáis cuanto he hecho.

Todo esto que decía don Quijote lo estaba escuchando un escudero de los que acompañaban el coche, el cual viendo que aquel hombre hablaba de ir al Toboso le dijo en mala lengua castellana y peor vizcaína:

—Anda, caballero, que mal andes: ¡por el Dios que crióme, que si no dejas coche, así te matas, como estás ahí vizcaíno!

—Si fueras caballero, como no lo eres, ya hubiera castigado tu atrevimiento.

A lo cual replicó el vizcaíno:

—¡Yo no caballero! Juro a Dios tan mientes como cristiano. Si lanza arrojas y espada sacas, verás que soy hidalgo por el diablo, y mientes que mira, si otra cosa dices.

—Ahora lo veremos —respondió don Quijote.

Y arrojando la lanza al suelo, sacó su espada y embrazó su escudo, y arremetió contra el vizcaíno con intención de quitarle la vida.

El vizcaíno, que le vio venir, no pudo hacer otra cosa sino sacar su espada; pero le vino bien el hecho de hallarse junto al coche, de donde pudo coger una almohada que le sirvió de escudo, y así embistieron el uno contra el otro como dos mortales enemigos.

La señora del coche, admirada y temerosa de lo que veía, hizo que el cochero se desviase un poco de allí, y desde lejos se puso a mirar la terrible contienda, en el curso de la cual el vizcaíno dio a don Quijote una gran cuchillada encima de un hombro, por encima del escudo; y si se la hubiera dado sin defensa, le abriera hasta la cintura.

Don Quijote, que sintió la pesadumbre de aquel bárbaro golpe, dio una gran voz, diciendo:

—¡Oh, señora de mi alma, Dulcinea, flor de la hermosura! Socorred a este vuestro caballero, que por satisfacer a vuestra gran bondad se halla en este terrible trance.

El decir esto, apretar la espada, cubrirse con su escudo y arremeter contra el vizcaíno fue todo uno.

El vizcaíno, que así le vio venir contra él, se dio cuenta de su coraje y decidió hacer lo mismo que don Quijote, bien cubierto con su almohada, sin que la mula pudiera moverse a una u otra parte; pues ya, de puro cansada, no podía dar ni un paso. Venía, pues, don Quijote contra el cauto vizcaíno con la espada en alto, decidido a abrirle por en medio, y el vizcaíno le aguardaba también con la espada levantada agarrado a su almohada; y todos los circunstantes estaban esperando lo que iba a suceder, llenos de temor; y la señora del coche y las demás criadas suyas estaban haciendo mil votos y ofrecimientos para que Dios librase a su escudero y a ellas de aquel peligro tan grande en que se encontraban.

Puestas y levantadas en alto las cortantes espadas, los dos valerosos y enojados combatientes parecían estar amenazando al cielo, a la tierra y al abismo. Y el primero en descargar el golpe fue el colérico vizcaíno; y lo dio con tanta fuerza y tal furia que, a no desviársele la espada en el camino, aquel solo golpe hubiera bastado para dar fin a la batalla; pero quiso la buena suerte que se torciera la espada de su contrario, de modo que aunque le acertó en el hombro izquierdo sólo le desarmó todo aquel lado, llevándose gran parte de la celada con la mitad de la oreja.

Nuestro manchego al verse de aquella manera se alzó de nuevo en los estribos y apretando más la espada con las dos manos la descargó sobre el vizcaíno, acertándole en la almohada y sobre la cabeza y el hombre comenzó a echar sangre por la nariz, por la boca y por los oídos; la mula, espantada, empezó a correr por el campo y a los pocos saltos tiró a su dueño a tierra. En cuanto le vio caer, don Quijote llegó hasta él y le puso la espada entre los ojos y le dijo que se rindiera. El vizcaíno no podía responder por lo molido que estaba y lo habría pasado mal si las señoras del coche no hubieran llegado hasta allí pidiendo a don Quijote la vida de su escudero.

—De acuerdo, hermosas señoras, pero con la condición de que este caballero ha de ir al Toboso y presentarse de mi parte ante Dulcinea para que ella haga de él lo que quisiese.

Las señoras, sin saber lo que don Quijote pedía y sin preguntar quién era Dulcinea, prometieron que el escudero haría todo aquello que él quisiese ordenar.

—Pues siendo así no le haré más daño —respondió don Quijote.

CAPÍTULO IV

DON QUIJOTE
Y SANCHO PANZA

A ESTE TIEMPO YA SE HABÍA LEVANTADO Sancho Panza, algo maltratado por los mozos de los frailes y había estado atento a la batalla de su señor don Quijote. Viendo que la pelea había terminado se acercó corriendo hasta allí, se hincó de rodillas ante don Quijote y le dijo:

—Ruego a vuestra merced que me dé el gobierno de la isla que ha ganado en esta terrible batalla.

—Advertid, hermano Sancho, que esta aventura no es de isla sino de encrucijada. Pero tened paciencia que ya vendrán aventuras donde os pueda hacer gobernador.

Prosiguieron su camino y Sancho le seguía a todo el trote de su asno, pero *Rocinante* le dejó tan atrás que el escudero pidió a gritos a su amo que le aguardase. Así lo hizo don Quijote, sujetando las riendas de *Rocinante* hasta que llegase su cansado escudero.

Anduvieron bastante camino hasta que fatigados se apearon para descansar. Y sacando de las alforjas lo que traían comieron los dos en paz. Pero luego pensaron en dormir y se apresuraron para llegar a un poblado; sólo consiguieron llegar a las chozas de unos cabreros y decidieron quedarse allí. Los cabreros los acogieron con buen ánimo y les ofrecieron comida caliente, que amo y escudero aceptaron de buen grado.

—¡Ya ves, Sancho, lo que es la caballería, pues yo que soy tu amo y señor quiero que comas en mi plato y bebas donde yo bebiere, pues de la caballería andante se puede decir lo mismo que del amor: que iguala todas las cosas.

—¡Gran merced! —repuso Sancho—. Pero he de deciros que si yo tuviese bien de comer, mejor me lo comería en pie y a solas, que sentado junto a un emperador. Y si he de decir verdad, aún me sabe mejor lo que como en mi rincón sin respetos ni melindres, aunque sea pan y cebolla, que los pavos de otras mesas donde esté obligado a mascar despacio, beber poco, limpiarme a menudo, no estornudar ni toser, si tengo ganas, ni hacer otras cosas que puedo hacer cuando como a solas.

—A pesar de todo te has de sentar porque a quien se humilla, Dios le ensalza.

Y agarrándole del brazo le obligó a sentarse junto a él.

No entendían los cabreros todas aquellas frases de escuderos y caballeros, y no hacían otra cosa que comer y callar y mirar a sus huéspedes, que con mucha gana se estaban comiendo los trozos de carne. Acabado el servicio de ella, tendieron sobre las pieles gran cantidad de bellotas avellanadas y junto con ellas pusieron medio queso bastante duro. Y después que don Quijote hubo satisfecho su estómago, tomó un puñado de bellotas en la mano y, mirándolas con atención, empezó a decir estas razones:

—¡Dichosa edad y siglos dichosos aquellos a quienes los antiguos pusieron el nombre de dorados, y no porque en ellos se alcanzase sin fatiga alguna el oro, que ahora tanto se estima, sino porque los que entonces vivían ignoraban las dos palabras de *tuyo y mío*! En aquella edad todas las cosas eran comunes y lo único que había de hacer quien quisiera comer era alzar la mano y alcanzar su sustento de las robustas encinas, que le convidaban con su dulce fruto. Las claras fuentes y transparentes ríos le ofrecían sus sabrosas aguas. Los valientes alcornoques despedían de sí sus anchas cortezas, con las cuales se comenzaron a cubrir las casas, para defenderse de la lluvia y del viento. Todo era paz, todo era amistad. Aún no se había pasado el arado sobre la tierra, porque ella misma ofrecía sus alimentos a los hombres. Entonces andaban las hermosas zagalas de valle en valle y de colina en colina, sin llevar otro adorno que algunas hojas entretejidas de verde hiedra, y estaban con ellas tan compuestas como lo están ahora nuestras cortesanas. No había engaño ni malicia que se mezclase con la verdad y llaneza. Nadie osaba ofender a la justicia, y para defenderla se instituyó la orden de los caballeros andantes a la cual pertenezco, y os agradezco el agasajo y buena acogida que nos habéis dado.

Uno de los cabreros dijo entonces:

—Para completar esta acogida queremos que cante un compañero nuestro que no tardará mucho en llegar y además sabe leer, escribir y tocar el rabel.

Poco después llegaba el mozo cantor que tenía unos veintidós años y de muy buena presencia.

—Puedes cantar un poco, Antonio, para así honrar a nuestro huésped, al cual hemos explicado tus habilidades.

Sin hacerse de rogar, el mozo se sentó en el tronco de una vieja encina y templando su rabel comenzó a cantar con muy buena gracia.

Dio el cabrero fin a su canto y luego todos se acomodaron para descansar. Uno de los cabreros se dio cuenta de la herida que don Quijote tenía en la oreja y preparó unas hierbas para curarle.

A la mañana siguiente se despidieron de los cabreros y don Quijote y su escudero se internaron en un bosque viniendo a parar a un prado de fresca hierba, junto al cual corría un arroyo tan apacible que convidaba a pasar unas horas allí tendido. Allí se apearon y comieron de lo que hallaron en las alforjas.

Ordenó la suerte y el diablo (que muy pocas veces duerme) que por aquel valle anduviesen unas jacas asturianas de unos arrieros yangüeses, las cuales estaban paciendo en los sitios de hierba y agua. Sucedió que en cuanto las olió, *Rocinante* se fue con ellas sin pedir permiso; pero las jacas le recibieron con herraduras y dientes y en poco tiempo le rompieron las cinchas y se quedó sin silla; luego acudieron los arrieros con unas estacas y le dieron tantos palos que lo derribaron en el suelo.

En esto llegaban jadeantes don Quijote y Sancho que habían visto todo lo ocurrido. Y dijo don Quijote a su escudero:

—Por lo que yo veo, amigo Sancho, éstos no son caballeros, sino gente de baja ralea; lo digo porque bien me puedes ayudar a tomar venganza del agravio que, delante de nuestros ojos, se ha hecho a *Rocinante*.

—¿Qué diablos de venganza hemos de tomar —respondió Sancho—, si éstos son más de veinte, y nosotros sólo somos dos y quizás uno y medio?

—Yo valgo por ciento —replicó don Quijote.

Y sin decir una palabra más, echó mano a la espada y arremetió contra los yangüeses, y lo mismo hizo Sancho Panza, incitado a seguir el ejemplo de su amo; y nada más que empezar, don Quijote dio a uno tal cuchillada que le abrió el sayo de cuero con que venía vestido y gran parte de la espalda.

Los yangüeses, que vieron que los que los maltrataban eran solamente dos hombres, siendo ellos tantos, acudieron armados de sus estacas, y agarrando a los dos en medio empezaron a golpearles con gran fuerza y vehemencia; la verdad es que al segundo palo arrojaron a Sancho al suelo, y lo mismo le sucedió a don Quijote sin que le sirviesen de nada su destreza y su valiente ánimo. Quiso la suerte que fuese a caer a los pies de *Rocinante*, el cual todavía no se había levantado, de donde viene a demostrarse la furia con que machacan las estacas puestas en manos de campesinos enojados. Y viendo los yangüeses el resultado de su obra, con la mayor rapidez que pudieron, cargaron su manada y siguieron su camino, dejando a los aventureros en mal estado y con pésimo humor.

El primero que se resintió fue Sancho Panza, que se hallaba junto a su señor; con voz enferma y lastimera se dirigió a éste, diciendo:

—¡Señor don Quijote!

—¿Qué quieres, Sancho, hermano? —respondió don Quijote.

—Señor, yo soy un hombre pacífico y sé disculpar cualquier injuria; así que ya aviso desde ahora a vuestra merced que de ningún modo echaré mano a la espada y que perdono por amor a Dios todos los agravios que me han hecho y los que me han de hacer.

Lo cual, oído por su amo, le respondió:

—Las heridas que se reciben en las batallas más bien dan honra que la quitan; así que levántate y vámonos de aquí antes de que venga la noche y nos sorprenda en este despoblado. ¡Vamos, Sancho!

Se levantaron ambos, y Sancho acomodó a don Quijote sobre el asno y ató detrás a *Rocinante*; y llevando el asno por la brida se dirigió al punto donde le pareció que debía estar el camino real, y tuvo suerte, pues aún no había andado una legua cuando se encontró en dicho camino, y allá cerca descubrió una venta, que don Quijote insistió en que era un castillo.

CAPÍTULO V

EL INGENIOSO HIDALGO EN LA VENTA QUE EL IMAGINABA SER CASTILLO

El ventero que vio a don Quijote atravesado en el asno preguntó a Sancho qué le ocurría. Sancho respondió que su amo se había caído desde una peña y tenía molidas las costillas.

La mujer del ventero acudió en seguida a curar a don Quijote e hizo que una hija suya, doncella bien parecida, le ayudase en este menester.

Servía también en la venta una moza asturiana, ancha de cara, llena de cogote, de nariz chata, tuerta de un ojo y del otro no muy sana; cierto es que la gallardía de su cuerpo compensaba todo lo demás, pues no llegaba a medir ni siete palmos de estatura, y sus espaldas, algo más inclinadas de lo debido, le hacían mirar al suelo más de lo que ella quisiera.

Esta gentil moza ayudó a la doncella y entre las dos hicieron una cama bastante mala a don Quijote, en donde se acostó después de que la ventera y su hija le hubieron emplastado de arriba abajo, mientras les alumbraba Maritornes, que así se llamaba la moza asturiana.

—¿Cómo se llama este caballero? —preguntó la moza.

—Don Quijote de la Mancha —respondió Sancho—, y es un caballero de los mejores que hay en el mundo.

—¿Y cómo vos, siendo su escudero, no tenéis ya algún condado? —inquirió la ventera.

—Aún es temprano para ello. Sólo hace un mes que andamos buscando aventuras y hasta ahora no hemos topado con ninguna que lo sea de verdad. Y tal vez ocurre que se busca una cosa y se halla otra. La verdad es que si mi señor don Quijote sana de esta

32

herida o caída, y yo no quedo muy malparado de ella, no cambiara mis esperanzas con el mejor título de España.

Todas estas pláticas las estaba escuchando, muy atento, don Quijote; y sentándose en el lecho como pudo, tomando de la mano a la ventera, le dijo:

—Creedme, hermosa señora, que os podéis llamar afortunada por haber alojado en vuestro castillo a mi persona, que es tan importante que no la alabo porque suele decirse que no está bien vista la alabanza propia; pero mi escudero os dirá quién soy. Solamente os digo que quedará eternamente escrito en mi memoria el servicio que me habéis prestado, para agradecéroslo mientras me dure la vida.

La ventera, su hija y la buena de Maritornes estaban confusas oyendo tales razones en la boca del caballero andante, y le entendían tan bien como si hablara en griego, aunque sí comprendieron que todo se refería a ofrecimientos y alabanzas; y como no estaban acostumbradas a semejante lenguaje, mirábanle y se admiraban y les parecía un hombre muy distinto de los corrientes; y, agradeciéndole con más sencillas razones sus ofrecimientos, le dejaron, y la asturiana Maritornes curó a Sancho, que lo necesitaba casi tanto como su amo.

Ya estaba Sancho acostado y le habían curado a conciencia; pero aunque procuraba dormir, no lo consentía el dolor de sus costillas; y don Quijote, con el dolor de las suyas, tenía los ojos tan abiertos como una liebre. Toda la venta estaba en silencio, y en toda ella no había más luz que la que daba una lámpara que ardía colgada en medio del portal.

Esta maravillosa quietud, y los pensamientos que siempre tenía nuestro caballero de los sucesos que se cuentan a cada paso en los libros, autores de su locura, le trajo a la imaginación una de las mayores locuras que buenamente pueden imaginarse; y fue que él pensó que había llegado a un famoso castillo y que la hija del ventero era en realidad la hija del señor del castillo, la cual se había enamorado de él, y comenzó a preocuparse y se propuso no cometer traición al amor de su señora Dulcinea. Y pensando en estos disparates y oyendo los ronquidos de Sancho, don Quijote se quedó dormido y tuvo el más extraño sueño de su vida.

Cuando despertó, don Quijote comenzó a llamar a su escudero.

—¿Duermes, amigo Sancho?

—¡Cómo voy a dormir! Parece que todos los diablos han andado conmigo esta noche.

—Así es, Sancho. Porque o yo no sé nada o este castillo está encantado.

Pero me has de jurar guardar un secreto...

—Sea —repuso Sancho—, pero soy enemigo de guardar mucho las cosas y no querría que se me pudriesen por guardarlas demasiado tiempo.

—Me fío de tu palabra, Sancho. Así has de saber que esta noche me ha sucedido una extraña aventura. Sabrás que hace poco vino a verme la hija del señor del castillo. ¡Qué te podría decir del adorno de su persona y de su gran entendimiento! Sólo te quiero decir que, como este castillo está encantado (tal como te he dicho), mientras que yo estaba con ella en dulcísima conversación, sin que yo la viese ni supiese por dónde venía, llegó una mano pegada a un brazo de algún descomunal gigante, y me dio un puñetazo en las mandíbulas, tan fuerte que las tengo todas bañadas en sangre; y después me molió de tal manera que estoy peor que ayer, cuando los arrieros, por culpa de *Rocinante*, nos hicieron el agravio que ya sabes. Por lo cual supongo que algún moro encantado debe de ser el guardián del tesoro de la hermosura de esta doncella, y no debe ser para mí.

—Ni para mí tampoco —respondió Sancho—; porque más de cuatrocientos moros me han aporreado a mí, de tal manera que el molimiento de las estacas no fue nada comparado con esto.

—Luego, también tú estás aporreado —respondió don Quijote.

—¿No le he dicho que sí, para mi desgracia? —dijo Sancho.

—No tengas pena, amigo —dijo don Quijote—, que yo haré ahora el bálsamo precioso con el que sanaremos en un abrir y cerrar de ojos.

En esto entró en la habitación un cuadrillero; y Sancho, en cuanto le vio entrar, viéndole en camisa de dormir y con un paño en la cabeza y el candil en la mano, preguntó a su amo en voz baja:

—Señor, ¿si será éste el moro encantado, que vuelve a castigarnos por si se dejó algo en el tintero?

—No puede ser el moro —respondió don Quijote—, porque los seres encantados no permiten que les vea nadie.

—Aunque no se dejan ver, sí se dejan sentir —respondió Sancho—; si no, díganlo mis espaldas.

—También lo podrían decir las mías —respondió don Quijote—; pero esto no es suficiente causa para creer que sea éste el moro encantado.

Llegó el cuadrillero y los encontró hablando en tranquila conversación. Bien es verdad que don Quijote estaba todavía boca arriba sin poderse menear de puro molido y emplastado. Se acercó a él el cuadrillero y se interesó por su estado.

—Yo hablaría con más cuidado

—respondió don Quijote. —¿Es costumbre en esta tierra de hablar así a los caballeros andantes?

El cuadrillero que se vio tratar de aquella manera no lo pudo soportar y alzando el candil con todo su aceite dio con él en la cabeza a don Quijote con tal fuerza que le dejó descalabrado. En cuanto se marchó el cuadrillero, don Quijote dijo a Sancho que llamara al alcaide de la fortaleza para que le diera un poco de aceite, vino, sal y romero para hacer con ellos el bálsamo de la salud.

Sancho obedeció a su amo y topó con el cuadrillero a quien pidió las cosas que su amo le había encargado, añadiendo que estaba descalabrado por algún encantador maligno. Con esto el cuadrillero comprendió la falta de seso de amo y escudero. Acudió el ventero y proporcionó a Sancho todo cuanto pedía. Cuando lo tuvo todo, don Quijote mezcló todos los ingredientes y luego pidió una botella, y como no había ninguna en la venta, decidió ponerlo en una alcuza o aceitera de hojalata que le regaló el ventero. Luego dijo sobre la alcuza más de ochenta padrenuestros y otras tantas avemarías, salves y credos y cada palabra la acompañaba de una cruz, como si fuera una bendición.

Una vez hecho esto, quiso hacer él mismo la experiencia para comprobar la virtud que él se imaginaba que poseía aquel precioso bálsamo; y así se bebió casi un cuartillo de lo que no había cabido en la alcuza y quedaba en la olla donde había hecho la mezcla. Apenas lo acabó de beber cuando comenzó a vomitar de tal manera que no le quedó nada en el estómago; y con las ansias y la agitación del vómito le dio un sudor enorme, por lo cual mandó que le arropasen y le dejasen solo.

Hiciéronlo así, y se quedó dormido más de tres horas, al cabo de las cuales despertó, sintiéndose aliviadísimo, de tal manera que se consideró sano y creyó que había acertado el bálsamo de Fierabrás y que con aquel remedio podía acometer sin temor alguno cualquier riña, batalla o pendencia por peligrosa que fuese.

Sancho Panza, que también consideró como un milagro la mejoría de su amo, le rogó que le diese a él lo que quedaba en la olla, que era una respetable cantidad. Concediéselo don Quijote, y él, tomándola con las dos manos, con buena fe y mejor voluntad, se tragó casi la misma dosis que su amo.

Pero es el caso que el estómago del pobre Sancho debía de ser más delicado que el de su amo; y así, antes de que llegase a vomitar, le dieron tantas ansias y tantas náuseas, tantos sudores y desmayos, que el pobre creyó con toda seguridad que le había llegado su última hora.

En esto comenzó a hacer efecto el brebaje, y empezó el pobre escudero a devolver de tal manera que no sirvieron de nada la estera, sobre la cual se había vuelto a echar, ni la manta que le cubría; sudaba con tales angustias que no sólo él, sino todos los que estaban allá pensaron que se le acababa la vida. Duróle esta borrasca casi dos horas, al cabo de las cuales se sintió algo mejor. Don Quijote que se sentía ya aliviado empezó a hacer los preparativos de marcha. En cuanto estuvieron los dos a caballo, el hidalgo llamó al ventero y con voz reposada y grave le dijo:

—Muchos son los favores que os debo, señor alcaide de este castillo, y estoy dispuesto a haceros cualquier favor que me encomendéis, pues mi oficio es ayudar al prójimo.

—No tengo necesidad de que vuestra merced me vengue de algún agravio ni me ayude en cosa alguna. Sólo deseo que me pague el gasto que esta noche me ha hecho en la venta, tanto de la paja y cebada de sus animales como de la cena y de las camas.

—Engañado he vivido hasta ahora creyendo que esto era un castillo —repuso don Quijote—; pero, puesto que no es castillo sino venta, lo que se podrá hacer es perdonar la deuda, pues

yo no puedo ir contra la orden de los caballeros andantes, de los cuales sé cierto que jamás pagaron posada ni otra cosa en las ventas donde estuvieron.

—Yo no tengo nada que ver con todo eso —respondió el ventero—. Págueseme lo que se me debe y dejémonos de cuentos ni de caballerías.

—Vois sois un mal hostelero —respondió don Quijote.

Y picando espuelas a *Rocinante*, y enderezando su lanza, salió de la venta sin que nadie le detuviese; y él, sin mirar si le seguía su escudero, se adelantó un buen trozo.

El ventero, que le vio marchar sin pagarle, acudió a cobrar a Sancho Panza, el cual dijo que, puesto que su señor no había querido pagar, él tampoco pagaría.

Irritóse mucho por ello el ventero, y le amenazó con que, si no le pagaba, se lo cobraría de un modo que le gustaría menos. A lo cual respondió Sancho que no pagaría ni una sola moneda aunque le costase la vida.

Quiso la mala suerte del desdichado Sancho que entre la gente que estaba en la venta se encontrasen cuatro trabajadores de Segovia, tres del Potro de Córdoba y dos vecinos de la Feria de Sevilla, gente alegre, bienintencionada y juguetona, los cuales, como movidos por una misma idea, se acercaron a

Sancho y le bajaron del asno. Luego uno de ellos entró a buscar la manta del huésped y, echándole en ella, alzaron los ojos y vieron que el techo era algo más bajo de lo que necesitaban para llevar a cabo su obra, y decidieron salir al corral, que tenía por techo el cielo; y allí, después de poner a Sancho en mitad de la manta, comenzaron a levantarle en alto, y a divertirse con él como con un perro de los que se acostumbra mantear en el Carnaval.

Los gritos del desdichado manteado fueron tantos que llegaron a los oídos de su amo, el cual creyó que se le presentaba alguna nueva aventura, hasta que se dio cuenta de que el que gritaba era su escudero. Volvió a la venta y en cuanto llegó a las paredes del corral vio el juego que se le hacía a Sancho. El hidalgo estaba pues tan molido que no pudo apearse del caballo y así empezó a maldecir e insultar sin que los otros le hicieran caso. Por fin, éstos se cansaron y dejaron en paz a Sancho.

La compasiva Maritornes dio a Sancho un vaso de vino y éste se fue de la venta, muy contento de no haber pagado nada y de haberse salido con la suya. Cierto es que el ventero se quedó con sus alforjas en pago de lo que se le debía; pero Sancho no las echó de menos, ya que salió atontado después del manteamiento sufrido.

CAPÍTULO VI

AVENTURAS DIGNAS DE SER CONTADAS

LLEGÓ SANCHO HASTA DONDE ESTABA SU amo, tan marchito y desmayado que casi no podía arrear a su jumento. Cuando don Quijote le vio así le dijo:

—Ahora sí que creo que aquel castillo o venta estaba encantado, pues aquellas gentes que se divertían contigo sólo podían ser fantasmas y seres de otro mundo.

—No eran fantasmas, sino hombres de carne y hueso. Así que creo que no hubo encantamiento alguno y de lo que saco en limpio es que estas aventuras nos traen muchas desventuras y lo mejor sería volvernos inmediatamente a nuestra aldea.

—Calla y ten paciencia, Sancho, que llegará un día en que verás lo noble que es hacer este ejercicio.

Así iban en conversación cuando vio don Quijote que venía hacia ellos una espesa y gran polvareda, y al verla dijo a Sancho:

—¿Ves aquella polvareda? Pues por allí viene un numerosísimo ejército, formado por diversas e innumerables gentes.

—Deben de ser dos ejércitos, pues por la parte contraria se levanta también otra polvareda semejante —repuso Sancho.

Volvió a mirar don Quijote y vio que era cierto y se alegró mucho, porque pensó que se trataba de dos ejércitos que iban a acometerse en aquella llanura, pues a todas horas tenía llena la fantasía de aquellas batallas, encantamientos, amores y desafíos, que cuentan los libros de caballería. Y la verdad es que la polvareda que había visto la levantaban dos grandes manadas de ovejas y carneros que venían de dos sitios diferentes por aquel mismo camino, las cuales, por el polvo, no se llegaron a ver hasta que estuvieron muy cerca.

—Señor, ¿y qué hemos de hacer nosotros?

—¿Qué? —dijo don Quijote—. Favorecer y ayudar a los necesitados y desvalidos; y has de saber, Sancho, que este que viene delante de nosotros lo conduce y guía el gran emperador Alifanfarón, señor de la isla de Trapobana; este otro que está a nuestras espaldas es el de su enemigo, el rey de los Garamantas, Pentapolín del Arremangado Brazo, porque siempre entra en las batallas con el brazo derecho desnudo.

—Pues ¿por qué se quieren mal estos dos señores? —preguntó Sancho.

—Se quieren mal —respondió don Quijote— porque este Alifanfarón es un furibundo pagano y está enamorado de la hija de Pentapolín, que es una señora muy hermosa y además cristiana; y su padre no se la quiere entregar al rey pagano si no deja la ley de su falso profeta Mahoma y se hace cristiano.

—¡Por mis barbas —dijo Sancho— que hace muy bien Pentapolín! Y le ayudaré en todo lo que pudiere. ¡No faltaría más!

—En eso harás lo que debes, Sancho —dijo don Quijote—; pues para entrar en esta clase de batallas no es necesario haber sido armado caballero.

—Ya lo veo —respondió Sancho—; pero ¿dónde pondremos este asno para estar seguros de hallarlo después de la batalla? Porque no creo que sea costumbre entrar a combatir con semejante cabalgadura.

—Eso es verdad —respondió don Quijote—; pero lo que puedes hacer con él es dejarle a la ventura, tanto si se pierde como si no; porque serán tantos los caballos que tendremos después de quedar vencedores, que hasta *Rocinante* corre peligro de que lo cambie por otro. Pero estate atento y mira, que te diré quiénes son los caballeros más importantes que vienen en estos dos ejércitos; y para que les veas mejor, subamos a aquella altura, desde donde se deben de ver bien los dos ejércitos.

Así lo hicieron, y se pusieron sobre una loma, desde la cual se verían bien las dos manadas, que a don Quijote le parecían ejércitos, si las nubes de polvo que levantaban no les cegaran la vista; pero a pesar de todo, viendo en su imaginación lo que no veía ni había, comenzó a explicar a su escudero cuáles eran los caballeros que iban a entrar en la gran batalla, todos, naturalmente, sacados de los muchos libros que había leído.

—Que el diablo me lleve si los hombres, gigantes y caballeros que dice vuestra merced se divisan por alguna parte. Al menos yo no los veo —dijo Sancho.

—¿No oyes el relinchar de los caballos, el tocar de los clarines y el ruido de los tambores?

—No oigo sino muchos balidos de ovejas y carneros.

Y así era en verdad, porque ya llegaban cerca los dos rebaños.

—El miedo que tienes hace que no veas ni oigas a derechas. Pero yo me basto para dar la victoria a la parte que favoreceré con mi gran ayuda.

Y diciendo esto, don Quijote picó espuelas a *Rocinante* y con la lanza en ristre bajó de la loma como un rayo. Mientras Sancho gritaba a su amo que volviera, don Quijote se metía por en medio del escuadrón de ovejas diciendo que iba a ayudar al valeroso emperador Pentapolín del Arremangado Brazo. Los pastores y ganaderos que iban con la manada al ver el destrozo que hacía aquel hombre le gritaron que se detuviera, pero como don Quijote proseguía en su empeño sacaron sus hondas y empezaron a arrojarle piedras como el puño.

Don Quijote no hacía ningún caso de las piedras, sino que, corriendo por todas partes, decía:

—¿Por dónde estáis, soberbio Alifanfarón? Ven a mí, que deseo probar tus fuerzas y quitarte la vida por lo que haces sufrir al valeroso Pentapolín Garamanta.

Llegó en esto una piedra y, dándole en un lado, le hundió dos costillas en el cuerpo. Viéndose tan maltrecho, creyó sin duda que estaba muerto o malherido; y acordándose de su licor, sacó su alcuza, se la llevó a la boca y empezó a echarse licor en el estómago; mas antes de que acabase llegó otra piedra y diole en la mano y en la alcuza con tanta fuerza que se la hizo pedazos, y se le llevó además tres o cuatro dientes y muelas de la boca, aparte de machacarle dos dedos de la mano. Tan fuerte fue el golpe que nuestro pobre caballero se cayó del caballo abajo. Acercáronse a él los pastores y creyeron que había muerto, y recogiendo a toda prisa su ganado, cargaron con las ovejas muertas, que eran más de siete, y sin querer saber nada más se marcharon.

Todo este tiempo había estado Sancho sobre la cuesta, mirando las locuras que hacía su amo, y se arrancaba las barbas, maldiciendo el día y la hora en que le había conocido. Viendo que estaba caído en el suelo y que los pastores ya se habían ido, bajó de la cuesta y se acercó a él, y le encontró muy mal, aunque no había perdido el sentido, y le dijo:

—¿No le decía yo, señor don Quijote, que se volviese; que los que iba a acometer no eran ejércitos, sino manadas de carneros?

—Aquel ladrón de mi enemigo puede hacer desaparecer cosas mayores. Has de saber que es muy fácil para él hacernos parecer lo que quiere. Haz una cosa, Sancho. Súbete a tu asno y síguelos, y verás cómo en cuanto se hayan alejado un poco de este lugar dejan de ser carneros y vuelven a ser hombres hechos y derechos, tal como yo los vi antes… Pero no vayas ahora: acércate a mí y mira cuántas muelas y dientes me faltan.

Acercóse tanto Sancho que casi le metía los ojos en la boca; y en aquel mismo momento comenzó a hacer efecto el bálsamo en el estómago de don Quijote y empezó a devolver. Al verle, Sancho Panza retrocedió asustado diciendo:

—¡Santa María! Y ¿qué es lo que ha sucedido? Sin duda mi señor está herido de muerte, pues vomita sangre por la boca.

Pero al fijarse con más detención se dio cuenta de que no era sangre, sino el bálsamo de la alcuza que él le había visto beber.

Sancho fue a buscar las alforjas para limpiar y curar a su señor, y como no las halló estuvo a punto de perder el juicio.

Don Quijote se acercó a donde estaba Sancho y éste le explicó que no tenía las alforjas.

—De ese modo no tenemos nada qué comer —dijo don Quijote.

—Eso sería si no hubiese hierbas por estos prados —repuso Sancho.

—A pesar de todo me comería yo más a gusto un trozo de pan y dos cabezas de arenques que todas las hierbas del prado; pero en fin sube sobre tu jumento y ven detrás de mí que Dios proveerá, pues no falta el aire a los mosquitos, ni la tierra a los gusanillos, ni el agua a los renacuajos.

—Sea como dice vuestra merced, pero vámonos pronto de aquí.

—Vamos, pues, que te dejo elegir el sitio donde alojarnos. Yo te seguiré al paso que quisieras —dijo don Quijote.

Así lo hizo Sancho y se dirigió hacia donde creyó podría haber alguna posada, sin dejar el camino real.

Conversando se les echó la noche encima, en mitad del camino, sin encontrar sitio donde dormir. De pronto vieron que por el mismo camino que seguían, venían en dirección a ellos una gran cantidad de lumbres, que parecían estrellas que se movían.

Pasmóse Sancho al verlas y don Quijote no las tuvo todas consigo.

—Ésta debe de ser, sin duda, Sancho, una grandísima y peligrosísima aventura, donde será necesario que yo muestre todo mi valor y esfuerzo.

—¡Desdichado de mí! —respondió Sancho—. Si acaso esta aventura fuese de fantasmas, como me lo va pareciendo, ¿dónde habrá costillas que lo aguanten?

—Por más fantasmas que sean —dijo don Quijote— no consentiré que te toquen ni un pelo de la ropa; que si la otra vez se burlaron de ti, fue porque yo no podía saltar las paredes del corral; pero ahora estamos en el campo, y yo podré esgrimir mi espada todo lo que quiera.

Y apartándose los dos a un lado del camino, volvieron a mirar lo que podían ser aquellas luces que caminaban, y pronto vieron que se trataba de veinte hombres con camisas, todos a caballo y con antorchas encendidas en las manos.

Esta extraña visión a tales horas de la noche bastó para llenar de miedo el corazón de Sancho, y también el de su amo; pero como siempre estaba don Quijote imaginando las cosas de sus libros, se figuró que en aquella litera iba un caballero muerto o malherido y que él debía tomar venganza; y sin pensar más, tomó su lanza y se puso en la mitad del camino, por donde habían de pasar los encamisados, y cuando los vio cerca, alzando la voz, les dijo:

—Deteneos, caballeros, quienquiera que seáis, y decidme quiénes sois, adónde vais, de dónde venís, y qué es lo que lleváis en la litera; porque, según parece, o vosotros u otros han hecho algo malo, y es necesario que yo lo sepa para castigaros.

—Vamos de prisa —respondió uno de los encamisados— y la venta está lejos. No podemos detenernos ni un momento...

—Deteneos y sed más bien educado —repuso don Quijote—; de otro modo entraréis en batalla conmigo.

La mula se espantó, dio un brinco echando al suelo a su dueño. Un mozo que iba a pie comenzó a insultar a don Quijote, el cual alzó la lanza y arremetió contra aquél y luego revolviéndose por todas partes empezó a atacar a los demás. Los encamisados, gente pacífica, huyeron a la desbandada mientras don Quijote apaleaba a los más rezagados. Y Sancho, admirado, pensaba: «Sin duda mi amo es tan valiente como él dice.»

Don Quijote se acercó a uno de los que había derribado y le preguntó:

—¿Quién sois?

—Me llamo Alonso López; vengo de la ciudad de Baeza con otros once sacerdotes, que son los que huyeron, y vamos a Segovia acompañando el cuerpo muerto de un caballero, que murió en Baeza, para depositar sus restos en su sepultura, que está en Segovia.

—Y ¿quién le mató? —preguntó don Quijote.

—Dios, por medio de unas fiebres malignas que le dieron —respondió el licenciado.

—Siendo así —respondió don Quijote—, Nuestro Señor me ha quitado el trabajo de tomar venganza de su muerte, si le hubiese matado otro; pero habiéndolo matado quien lo mató, no hay más que callar y encoger los hombros, porque lo mismo haría si me matara a mí; y quiero que sepa vuestra reverencia que yo soy un caballero de la Mancha, llamado don Quijote, y mi oficio es andar por el mundo enderezando tuertos y deshaciendo agravios.

—No sé cómo puede ser esto de enderezar tuertos —respondió el licenciado—, pues a mí, que estaba derecho, me habéis vuelto tuerto, rompiéndome una pierna, y me habéis agraviado para siempre.

—No todas las cosas —dijo don Quijote— suceden del mismo modo. Lo malo fue que vinieseis de noche, con las antorchas encendidas y enlutados de tal manera que parecíais seres del otro mundo.

—Ya que así lo ha querido mi suerte —dijo el licenciado—, suplico a vuestra merced, señor caballero andante, que me ayude a salir de debajo de esta mula, que me tiene atrapada una pierna entre el estribo y la silla.

—¡Por Dios! —exclamó don Quijote—. Y ¿hasta cuándo esperabais para decirme lo que os pasaba?

Dio en seguida voces a Sancho Panza, pero él no se apresuró a venir porque estaba muy ocupado desvalijando una mula de repuesto que traían aquellos buenos señores. Halló Sancho un saco en la mula y, recogiendo todo lo que pudo y cupo en él, cargó su jumento y luego acudió a las voces de su amo y ayudó a sacar al señor licenciado de debajo de la mula; y poniéndole encima de ella, le dio la antorcha, y don Quijote le dijo que se marchara tras de sus compañeros, a quienes de su parte pidiese perdón por el agravio que les había hecho.

Díjole también Sancho:

—Si acaso quieren saber esos señores quién es el valeroso que les puso tal como están, dígales vuestra merced que es el famoso don Quijote de la Mancha, que por nombre se llama el Caballero de la Triste Figura.

Con esto se fue el licenciado, pero antes de irse dijo a don Quijote:

—Advierta vuestra merced que queda excomulgado por haber puesto las manos con violencia en cosa sagrada, «juxta illud, si quis...»

—No entiendo ese latín —dijo don Quijote—; pero yo solamente puse las manos en esta lanza, y no pensé en ofender a sacerdotes ni a cosas de Iglesia, a la que respeto como católico y como fiel cristiano que soy, sino que creí que eran fantasmas de otro mundo.

Al oír esto el licenciado se fue sin replicarle palabra, y don Quijote le preguntó a Sancho por qué le había dado la ocurrencia de llamarle el Caballero de la Triste Figura.

—Yo se lo diré —respondió Sancho—: porque le he estado mirando un rato a la luz de aquella antorcha, y verdaderamente tiene vuestra merced la más mala figura que yo he visto jamás.

—No es eso —dijo don Quijote—, sino que al sabio que está encargado de escribir mis hazañas le habrá parecido bien darme otro nombre, como lo tenían los caballeros pasados, que se llamaban el de la Ardiente Espada, el del Unicornio, el de las Doncellas, el Caballero del Grifo, el de la Muerte; y por estos nombres los conocía todo el mundo. Por eso te habrá inspirado la idea de que me llamases el Caballero de la Triste Figura, como pienso llamarme desde hoy en adelante, y por tanto haré pintar en mi escudo una figura muy triste.

—No hay por qué, señor, querer gastar tiempo y dinero en hacer esta figura —dijo Sancho—; pues si vuestra merced descubre la suya y enseña el rostro a los que le miran, sin ninguna imagen ni escudo, le llamarán el de la Triste Figura.

Quería don Quijote mirar si el cuerpo que iba en la litera eran huesos o no, pero Sancho no lo consintió, diciéndole:

—Señor, vuestra merced ha salido muy bien de esta aventura; pero esta gente, aunque vencida, podría darse cuenta de que los ha vencido un solo caballero y, avergonzados de esto, volver a buscaros. La montaña está cerca y el hambre aprieta, y no tenemos más que irnos hacia ella.

Y tomando a su asno por la brida, rogó a su señor que le siguiese; el cual, como le pareció que Sancho tenía razón, sin volver a replicarle, le siguió; y después de caminar un poco entre montañas, se hallaron en un espacioso y escondido valle, donde se apearon y tendidos sobre la hierba verde almorzaron, comieron, merendaron y cenaron todo en uno, satisfaciendo sus estómagos con más de una fiambrera que los señores clérigos del difunto llevaban en la mula de repuesto. Pero les sucedió otra desgracia y es que se encontraron sin vino ni agua para calmar la sed.

—No es posible, señor mío, que no haya por aquí cerca alguna fuente o arroyo, pues estas hierbas están bastante húmedas; sigamos un poco más adelante que ya encontraremos un sitio donde calmar esta terrible sed —dijo Sancho.

Apenas habían caminado doscientos pasos cuando llegó hasta ellos un gran ruido de agua, pero al mismo tiempo oyeron también otro estruendo que llenó de espanto el corazón de Sancho Panza, pues eran unos golpes acompasados, junto con un crujir de hierros y cadenas.

—Bien notas, mi fiel escudero, las tinieblas de esta noche, su extraño silencio y el temeroso ruido del agua en cuya busca venimos. Todo esto despierta en mi ánimo el deseo de acometer una aventura, por más difícil que se presente ésta; así que quédate con Dios y espérame aquí hasta pasados tres días, después de los cuales, si no he vuelto, puedes tú regresar a la aldea, y desde allí, si quieres hacerme ese favor, irás al Toboso y te presentarás a mi señora Dulcinea, y le dirás que su caballero murió por acometer cosas que le hiciesen digno de ella.

Cuando Sancho oyó las palabras de su amo comenzó a llorar con la mayor ternura y le dijo:

—Señor, yo no sé por qué quiere vuestra merced meterse en esta peligrosa aventura. Ahora es de noche y no nos ve nadie, así que podemos volvernos y alejarnos del peligro. Piense que en cuanto vuestra merced se aparte de mi lado yo tendré un miedo ho-

rroroso. Por Dios, señor mío, no me haga tal cosa; y si no quiere dejar de emprender la aventura, espere al menos hasta la mañana, que por lo que yo aprendí cuando era pastor, no faltarán más de tres horas para el alba, porque la boca de la Osa Mayor está encima de la cabeza.

—¿Cómo puedes tú, Sancho —dijo don Quijote—, ver dónde está esa boca que dices, si hace una noche tan oscura que no se ve ni una estrella en el cielo?

—Así es —respondió Sancho—; pero el miedo tiene muchos ojos y ve las cosas bajo tierra y encima del cielo, y se puede ver que falta poco para el día.

—Falte lo que falte —respondió don Quijote—, que no sea dicho que lágrimas y ruegos me apartaron de lo que debía hacer como caballero; y así te ruego, Sancho, que calles. Lo que has de hacer es quedarte aquí, que yo volveré pronto, vivo o muerto.

Viendo Sancho la resolución de su amo, y que no servían de nada sus ruegos, decidió recurrir a su astucia para hacerle esperar hasta el día, si podía; y así, sin que su amo lo notase, ató ambas patas de *Rocinante* a la brida de su asno, de manera que cuando don Quijote quiso partir no pudo, porque *Rocinante* no podía moverse, si no era a saltos. Viendo Sancho el éxito de su trampa, dijo:

—Ea, señor; que el cielo, conmovido por mis lágrimas, ha ordenado que no se pudiera mover *Rocinante;* y si vos queréis espolearle será inútil todo cuanto intentéis.

—Pues siendo así que *Rocinante* no puede moverse yo esperaré con alegría a que llegue el alba —dijo el caballero don Quijote.

Y pasaron la noche amo y escudero; mas viendo Sancho que llegaba la mañana desató a *Rocinante,* el cual comenzó a dar saltos y patadas. Entonces don Quijote pensó que era llegado el momento de emprender aquella temeraria aventura. Picó espuelas a *Rocinante,* se despidió de Sancho, repitiendo que aguardase allí durante tres días y si no volvía considerase que Dios había querido que acabasen sus días en aquella aventura. Pero Sancho decidió no abandonarle y siguió sus pasos. Anduvieron bastante rato hasta llegar a un pequeño prado que se encontraba al pie de unas altas peñas de las cuales se precipitaba una gran cantidad de agua. Al pie de las peñas había unas casas mal hechas que parecían ruinas y de ellas salía el ruido de aquellos golpes que aún no cesaban. Anduvieron otros cien pasos y al doblar una punta apareció bien clara la causa de aquel espantable ruido. Y eran seis mazos de batán que movían una rueda aprovechando la fuerza de la corriente. Don Quijote quedó pasmado ante aquello y Sancho no pudo contener la risa. A don Quijote le sentó mal la burla de Sancho que no paraba de reírse de él. Finalmente, don Quijote le advirtió que de ahora en adelante no le daría tantas confianzas, pues en los libros de caballería no había leído que el escudero hablase tanto con su señor.

CAPÍTULO VII

LA AVENTURA DEL YELMO DE MAMBRINO Y LA LIBERTAD DE LOS GALEOTES

En esto comenzó a llover y Sancho quería que se metieran en el molino de los batanes, pero don Quijote no lo quiso consentir y así torcieron por el camino a la derecha y fueron a salir a otro parecido al del día anterior. Al poco rato, don Quijote descubrió un hombre a caballo que llevaba en la cabeza una cosa que brillaba como el oro.

—Me parece que este que viene hacia aquí lleva puesto el yelmo de Mambrino.

—Lo único que veo es un hombre sobre un asno pardo como el mío, que lleva una cosa que brilla.

El caso es que el yelmo, el caballo y el caballero que don Quijote veía eran esto: que en aquellos contornos había dos aldeas, una de las cuales era tan pequeña que no tenía ni botica ni barbero, y así el barbero de la mayor servía a la menor, en la cual dos hombres tuvieron necesidad de él, para lo cual venía el barbero y llevaba una palangana de latón; y como había comenzado a llover, para que no se le manchase el sombrero se puso la palangana en la cabeza y como estaba limpia se veía brillar de lejos.

Don Quijote le apuntó con su lanza y le intimó a rendirse. El barbero no se lo pensó dos veces: se apeó del asno y comenzó a correr por aquel llano abandonando la palangana o yelmo. Don Quijote la tomó en sus manos y dijo:

—Sin duda que el pagano para quien se hizo esta famosa celada debía de tener una cabeza grandísima; y lo peor de todo es que le falta la mitad.

Cuando Sancho oyó llamar celada

a la palangana no pudo contener la risa.

—¿De qué te ríes, Sancho?

—Me río de pensar en la cabeza tan enorme que tenía el pagano dueño de este yelmo, que parece más bien la palangana de un barbero.

—Sea como fuere, como yo conozco su valor, la haré arreglar por un herrero y entretanto la llevaré como pueda y será suficiente para defenderme de alguna pedrada.

Sancho pidió a su amo le dejase quedarse con los aparejos del asno del barbero, a lo cual consintió de buen grado don Quijote. De este modo Sancho hizo el cambio, con lo cual mejoró mucho a su jumento.

Después de almorzar subieron a caballo y prosiguieron su camino a la ventura. Yendo caminando, don Quijote vio por el camino unos doce hombres a pie, unidos todos por una gran cadena que les rodeaba los cuellos y con esposas en las manos. Iban con ellos tres hombres a caballo y dos a pie con escopetas y espadas.

—Ésta es una cadena de galeotes, gente forzada del rey, que va a las galeras.

—Pues si van forzados aquí tengo que ejercer mi oficio de socorrer a los miserables.

Llegaron los galeotes y don Quijote pidió a los guardianes le informasen sobre los presos y le dijesen la causa por la cual llevaban a aquella gente de tal manera. Uno de los guardias respondió que eran galeotes, gente de Su Majestad, que iban a galeras.

—A pesar de todo —replicó don Quijote—, quisiera saber la causa de la desgracia de cada uno de esos hombres.

—Aunque llevamos aquí el registro de las sentencias de cada uno de estos desgraciados, no hay tiempo de detenerse a leerlas. Si quiere vuestra merced, pregúnteselo a ellos mismos y ya se lo dirán si quieren hacerlo.

Obtenido este permiso, don Quijote se acercó a la cadena y le preguntó al primero por qué pecados había sido condenado.

Él respondió que por enamorado.

—¿Por eso nada más? —replicó don Quijote—. Pues si por enamorado se va a galeras, algún día estaré yo remando en ellas.

—No son los amores que vuestra merced piensa —dijo el galeote—; pues los míos fueron que quise tanto a una canasta de ropa blanca, que la abracé conmigo tan fuertemente que, si no me la hubiera quitado la justicia por fuerza, aún la tendría. Se vio la causa, me dieron cien azotes y por añadidura tres años en gurapas, y se acabó todo.

—¿Qué son gurapas? —preguntó don Quijote.

—Gurapas son galeras —respondió el galeote.

Lo mismo preguntó don Quijote al segundo, que no respondió palabra, porque iba muy triste y melancólico; mas el primero respondió por él y dijo:

—Éste, señor, va por canario... Digo, por músico y cantor.

—Pero ¿cómo? —interrogó don Quijote—. Por músicos y cantores ¿van también a galeras?

—Sí, señor —respondió el galeote—; que no hay peor que cantar en el ansia.

—Yo había oído decir —dijo don Quijote— que quien canta su mal espanta.

—Aquí es al revés —repuso el galeote—: quien canta una vez, llora toda la vida.

—No lo entiendo —dijo don Quijote.

Mas uno de los guardianes le dio esta explicación:

—Señor caballero, «cantar en el ansia» es como llama esta gente a confesar en el tormento. A este pecador le dieron tormento y confesó su delito; y por haber confesado le condenaron a seis años de galeras, aparte de darle cuatrocientos azotes, y va siempre pensativo y triste porque los demás ladrones le menosprecian porque no tuvo valor para decir que no.

Luego venía un hombre más atado que los demás. Don Quijote le preguntó el motivo.

—Este hombre ha cometido más delitos que todos los demás juntos. Es el famoso Ginesillo de Parapilla.

—Me llamo Ginés y mi apellido es Pasamonte —dijo el galeote.

—Hable con menos tono, señor ladrón —dijo el guardia.

—Algún día sabrá cómo me llamo... —repuso Ginés de Pasamonte.

El comisario alzó la vara para castigar al galeote, pero don Quijote se interpuso; y volviéndose a todos los galeotes encadenados les dijo:

—De todo cuanto me habéis dicho he sacado en limpio que las penas que vais a padecer no os dan mucho gusto, y que vais a ellas de muy mala gana y en contra de vuestra voluntad, de manera que estoy convencido de que he de ejercer con vosotros mi oficio, para el cual me fue otorgada la orden de caballería que profeso, para favorecer a los necesitados. Pero como sé por la prudencia que lo que se puede hacer a las buenas no hay que hacerlo a las malas, quiero rogar a estos señores guardianes y al comisario que hagan el favor de desataros y dejaros ir en paz. Pido esto con toda mansedumbre, y si no lo hacéis de buen grado, esta lanza y esta espada, junto con la fuerza de mi brazo, harán que lo hagáis por la fuerza.

—¡Menuda tontería! —respondió el comisario—. ¡Vaya con lo que ha salido al cabo de tanto rato! Siga vuestra merced, señor, su camino, y enderécese esa palangana que lleva en la cabeza, y no busque tres pies al gato.

—Vois sois el gato y el bellaco —dijo don Quijote.

Y diciendo y haciendo arremetió contra él tan de prisa que, sin que tuviera tiempo de defenderse, le tiró al suelo, malherido de una lanzada; y tuvo suerte de que era éste el de la escopeta. Los demás guardianes quedaron atónitos y suspensos, a causa del inesperado acontecimiento; pero, volviendo en sí con presteza, echaron mano a sus espadas y a sus dardos y arremetieron contra don Quijote, quien, con mucha calma, les estaba aguardando; y sin duda lo hubiera pasado mal si los galeotes, viendo la ocasión que se les ofrecía de alcanzar la libertad, no hubiesen procurado romper la cadena donde venían ensartados.

La revuelta fue de tal manera que los guardianes, entre vigilar a los galeotes que se desataban y acometer a don Quijote, no hicieron nada de provecho. Ayudó Sancho, por su parte, a la soltura de Ginés de Pasamonte, que fue el primero que quedó libre, y arremetiendo contra el comisario caído le quitó la espada y la escopeta, con la cual, apuntando a unos y a otros, sin disparar, no quedó ni un guardia en todo el campo, porque huyeron todos.

Entristecióse mucho Sancho por este suceso, pues supuso que los que iban huyendo darían parte del caso a la Santa Hermandad, la cual saldría a buscar a los delincuentes; y así se lo dijo a su amo, y le rogó que se marchasen de allí en seguida.

—Bien está eso —dijo don Quijote—; pero yo sé lo que se debe hacer ahora.

Y llamando a todos los galeotes, que andaban alborotados, les dijo así:

—Es propio de gente bien nacida agradecer los beneficios que se reciben, y uno de los pecados que más ofende a Dios es la ingratitud. Lo digo porque ya habéis visto, señores, el favor que de mí habéis recibido, en pago del cual querría que os pongáis en camino hacia el Toboso, y allí os presentéis a la señora Dulcinea del Toboso, y le digáis que su Caballero de la Triste Figura es quien os ha dado vuestra deseada libertad; y hecho esto, os podéis marchar adonde queráis.

Respondió por todos Ginés de Pasamonte, y dijo:

—Lo que vuestra merced nos manda, señor y libertador nuestro, es imposible de cumplir, porque no podemos ir juntos por los caminos, sino solos y separados, procurando escondernos para no ser hallados por la Santa Hermandad, que sin duda alguna saldrá en nuestra busca. Lo que vuestra merced puede hacer es cambiar ese servicio de la señora Dulcinea del Toboso por alguna cantidad de avemarías y credos, que nosotros diremos por la intención de vuestra merced; y esto se podrá cumplir de día y de noche, huyendo o reposando; pero pedir que vayamos con la cadena a cuestas hasta el Toboso, es casi lo mismo que pedir peras al olmo.

—Pues ¡voto a tal! —dijo don Quijote indignado—, don Ginesillo de Paropillo o como os llaméis, que habéis de ir vos solo, con toda la cadena a cuestas.

Pasamonte (que ya estaba enterado de que don Quijote no era muy cuerdo, por el disparate que había hecho de darles la libertad), viéndose tratar de aquella manera, guiñó un ojo a los compañeros y se apartó hacia atrás. En aquel instante comenzaron a llover tantas piedras sobre don Quijote que no tuvo tiempo de cubrirse con el escudo, y el pobre *Rocinante* no se movía ni un paso, como si fuera de bronce. Sancho se puso tras de su asno y con él se defendía de la nube de pedrisco que llovía sobre ellos. A pesar del escudo, unos cuantos guijarros acertaron en el cuerpo de don Quijote, con tanta fuerza que le tiraron al suelo; y apenas hubo caído cuando se arrojaron sobre él los galeotes y le quitaron todo lo mismo que a Sancho. Luego se fueron cada uno por su lado. Quedaron solos el jumento y *Rocinante*, don Quijote y Sancho. Éste, en mangas de camisa y temeroso de la Santa Hermandad, y don Quijote apesadumbrado de verse tan maltratado por los mismos a quienes tanto bien había hecho.

CAPÍTULO VIII

AVENTURA EN
SIERRA MORENA

Viéndose en tan mal estado, don Quijote dijo a Sancho:

—Siempre he oído decir que hacer bien a villanos es como echar agua en el mar. Si yo hubiera creído lo que me dijiste nos hubiéramos evitado esta pesadumbre.

—Así escarmentará vuestra merced; pero créame ahora y nos ahorraremos otro peligro mayor, porque le hago saber que con la Santa Hermandad no sirve de nada ser caballero andante y me parece que sus flechas ya me silban en los oídos.

—Esta vez seguiré tu consejo, amigo Sancho, pero a condición que nunca has de decir que me retiré y aparté de este peligro por miedo, sino por complacer tus ruegos.

—Señor —respondió Sancho—, el retirarse no es huir y no es de sensatos esperar el peligro. Así que suba sobre *Rocinante* y sígame.

Obedeció don Quijote y ambos se metieron por una parte de Sierra Morena que estaba allí cerca.

En cuanto don Quijote entró por aquellas montañas se alegró mucho, pues le pareció que aquellos lugares eran propios para las aventuras que buscaba.

En esto, Sancho levantó los ojos y vio que su amo estaba parado, procurando con la punta de la lanza izar un bulto que estaba caído en el suelo. Le ayudó en este menester y vio que eran un cojín y una maleta medio podrida. En ésta hallaron cuatro finas camisas y en un pañuelo un buen montón de escudos de oro. Buscando más hallaron un librillo que guardó don Quijote y dio a Sancho el dinero.

El Caballero de la Triste Figura quedó con gran deseo de saber quién era el dueño de la maleta, aunque por lo que leyó en el librillo debía de ser un enamorado de muy buena casa a quien los desdenes de su dama habían conducido allí. Yendo con este pensamiento, don Quijote vio que en la cumbre de una colina iba saltando un hombre de mata en mata. Tenía una barba negra y espesa, los cabellos revueltos y los pies descalzos. Pero el hombre escapó y fueron vanos los intentos de encontrarle. Lo único que hallaron fue una mula ensillada, muerta y medio podrida, que supusieron debía de pertenecer al hombre que habían visto por allí.

Mientras la estaban mirando, oyeron un silbido de pastor que guardaba ganado, y a su izquierda aparecieron una buena cantidad de cabras, y tras ellas el cabrero que las guardaba, que era un hombre anciano. Diole voces don Quijote, y le rogó que bajase al lugar donde estaban. Él respondió a gritos que quién le había traído a aquel lugar tan salvaje. Respondióle Sancho que bajase, que ya se lo explicarían todo sin tener que hacerlo a gritos. Bajó el cabrero, y al llegar adonde estaba don Quijote dijo:

—Supongo que está mirando la mula que está muerta en esa hondonada, pues ya hace casi seis meses que está en ese mismo lugar. Dígame, ¿han topado por ahí con su dueño? ¿Pueden decírmelo?

—No hemos topado con nadie —respondió don Quijote— más que con una maleta que hallamos no lejos de este lugar.

—También la hallé yo —respondió el cabrero—, mas nunca quise tocarla, por temor a que me acusaran de hurto; porque el diablo tiende al hombre trampas donde tropiece y caiga sin saber cómo.

—Eso mismo digo yo —respondió Sancho—; porque también yo la hallé y no quise acercarme a ella, sino que la dejé donde estaba, pues no quiero complicaciones.

—Decidme, buen hombre —dijo don Quijote—: ¿sabéis quién es el dueño de estas prendas?

A estas palabras respondió el cabrero explicando que hacía unos seis meses que había aparecido por allí un joven, al parecer de muy buena familia y muy bien parecido, el cual, abandonando la mula y la maleta donde las habían visto, se había quedado a vivir solo entre aquellos riscos. Algunas veces atacaba a los pastores robándoles la comida, y otras la pedía por caridad y era muy amable con ellos, por lo cual pudieron darse cuenta de que en determinados momentos le acometía una súbita locura y lloraba su desgracia y acusaba a un tal Fernando de todas sus desdichas.

Admiróse don Quijote de lo que el cabrero le había contado y quedó con más deseo de saber quién era el desdichado loco, y se propuso buscarle por toda la montaña, sin dejar de mirar en ningún rincón ni cueva hasta que le hallase. Pero en aquel mismo instante apareció por el hueco de una sierra el mancebo a quien buscaba, el cual venía hablando consigo mismo, sin que se pudiera entender lo que decía.

Al llegar a ellos, el mancebo les saludó con voz bronca, pero con mucha cortesía. Después les dijo:

—Si tienen algo de comer, por amor de Dios que me lo den, que después de haber comido yo haré todo lo que me manden, en agradecimiento a vuestros buenos deseos.

Sancho se apresuró a sacar comida de su costal y el cabrero de su zurrón, con lo cual el muchacho satisfizo su hambre. A preguntas de ellos explicó su historia. Dijo que se llamaba Cardenio y que pertenecía a una noble y rica familia de Andalucía. De niño se enamoró de la hermosa Luscinda con el consentimiento de los padres. Pero un amigo de los dos, Fernando, prometido de otra bella doncella, llamada Dorotea, vio a Luscinda y se enamoró de ella, sin que ellos se diesen cuenta de este sentimiento.

—Este Fernando procuraba siempre leer los papeles que yo enviaba a Luscinda, pues los dos éramos muy amigos y nos hacíamos confidencias. Sucedió que un día que Luscinda me pidió para leer un libro de caballería que era el que se llama *Amadís de Gaula*...

No bien hubo oído esto, don Quijote interrumpió las explicaciones de Cardenio.

—Conque vuestra merced me hubiera dicho que la señora Luscinda era aficionada a los libros de caballería habría sido suficiente para comprender la alteza de su entendimiento. Y perdone haberle interrumpido...

Cardenio miraba a don Quijote, pero había desaparecido su lucidez y no estaba para proseguir su historia. Como sea que Cardenio estaba loco agarró una piedra y dio con ella en el pecho tal golpe a don Quijote que le hizo caer de espaldas. Sancho quiso defender a su señor, pero el loco le tiró al suelo y luego le molió las costillas. El cabrero recibió el mismo trato y después de rendirlos a todos, Cardenio les dejó y fue a esconderse en la montaña.

Don Quijote preguntó al cabrero si sería posible encontrar a Cardenio y el cabrero respondió que si andaba mucho por aquellos contornos quizá lo hallara de nuevo, loco o cuerdo.

Don Quijote se despidió del cabrero y subiendo sobre *Rocinante* mandó a **Sancho** que le siguiese. Y después de un buen trecho, Sancho rompió el silencio para decir:

—¿Es buena regla de caballería que andemos perdidos por estas montañas buscando a un loco, que quizá la emprenda otra vez con nosotros y nos deje mal parados?

—Calla, Sancho —dijo don Quijote—, que el hallar al loco es lo de menos importancia, pues en estas tierras tengo que hacer una hazaña que me hará ganar nombre y fama por toda la Tierra.

—Y ¿será muy peligrosa esa hazaña? —preguntó Sancho Panza.

—No —respondió el de la Triste Figura—. Todo depende de ti.

—¿De mí? —preguntó Sancho.

—Sí —dijo don Quijote—; porque si vuelves pronto del lugar adonde pienso enviarte, pronto se acabará mi pena y comenzará mi gloria. Y como no hay razón para que ignores lo que me propongo, quiero que sepas, Sancho, que el famoso Amadís de Gaula fue uno de los más perfectos caballeros andantes, el único, el señor de todos los que hubo en su tiempo en el mundo; y puesto que cuando algún pintor quiere ser famoso en su arte procura imitar los originales de los mejores pintores que conoce, yo creo, Sancho amigo, que el caballero andan-te que mejor imite a **Amadís de Gaula** será el que esté más cerca de alcanzar la perfección como caballero; y una de las cosas en que este caballero mostró su gran valentía, firmeza y amor fue cuando se retiró, desdeñado por su dama, a hacer penitencia en la Peña Pobre, cambiando su nombre por el de Beltenebros, nombre muy apropiado para la clase de vida que por su voluntad había escogido. Así que a mí me es más fácil imitarle en esto que no en matar gigantes, descabezar serpientes, desbaratar ejércitos y deshacer encantamientos; y puesto que estos lugares son tan apropiados para semejante obra, no he de dejar pasar la ocasión que ahora se me ofrece.

—En efecto —preguntó Sancho—: ¿qué es lo que vuestra merced quiere hacer en este remoto lugar?

—Ya te he dicho —respondió don Quijote— que quiero imitar a Amadís haciendo aquí de desesperado y de furioso; y también al valiente Orlando, que se volvió loco y arrancó los árboles, mató pastores, destruyó ganados, abrasó chozas, derribó casas e hizo otras cien mil violencias. Y puesto que yo no pienso imitar a Orlando, punto por punto, en todas las locuras que hizo, dijo y pensó, haré sólo las que me parecen más esenciales, o quizá sólo imite a Amadís.

—A mí me parece —dijo Sancho—

que los caballeros que hicieron eso tuvieron causa para hacer todas aquellas necedades y penitencias; pero vuestra merced, ¿qué causa tiene para volverse loco y ponerse a hacer penitencia?

—Ahí está el detalle —respondió don Quijote—, pues volverse loco un caballero andante con causa justificada no tiene gracia; el toque está en desvariar sin motivo. Así que no pierdas tiempo; loco soy y loco he de ser hasta que tú vuelvas con la respuesta de una carta que contigo pienso enviar a mi señora Dulcinea.

Aquella noche llegaron a la mitad de las entrañas de Sierra Morena, donde le pareció bien a Sancho pasar la noche. Pero la suerte fatal ordenó que Ginés de Pasamonte decidió esconderse entre aquellas montañas y fue a parar al mismo sitio en que estaban durmiendo Sancho y su amo. Ginés decidió hurtar el asno de Sancho sin ocuparse de *Rocinante*. Cuando el buen escudero despertó a la mañana siguiente y echó de menos a su asno prorrumpió en un triste y doloroso llanto. Don Quijote le consoló y le prometió que le daría una carta para que en su casa le entregasen tres pollinos de los cinco que tenía. Con ello se consoló Sancho y agradeció a su amo tan señalado favor.

Poco después, don Quijote se dispuso para hacer una penitencia, tal como había leído en sus libros. Después de escribir la carta para Dulcinea se la entregó a Sancho y para que éste se enterara de su contenido se la leyó:

«—Soberana y alta señora: El herido de punta de ausencia y el llagado de las telas del corazón, dulcísima Dulcinea del Toboso, te envía la salud que él no tiene. Si tu hermosura me desprecia y me desdeña, aunque yo sea asaz sufrido, mal podré sostenerme en esta pena, que además de ser fuerte es muy duradera. Mi buen escudero Sancho te explicará por completo del modo que por tu causa quedo; si gustas de socorrerme tuyo soy, y si no, haz lo que te viniere en gusto; que con acabar mi vida habré satisfecho a tu crueldad y mi deseo.

»Tuyo hasta la muerte.
El Caballero de la Triste Figura.»

—Ahora ponga vuestra merced en esa otra página la cédula de los tres pollinos y fírmela con mucha claridad.

Así lo hizo don Quijote y luego Sancho le pidió ver por lo menos alguna de esas locuras que hacían los caballeros andantes para hacer la penitencia. Don Quijote no se hizo de rogar y quitándose los calzones se quedó en pañales y luego sin más ni más dio dos zapatetas en el aire e hizo dos piruetas con la cabeza abajo y los pies en alto. Sancho ya se dio por satisfecho y se dispuso a emprender su camino que como veremos fue breve.

En cuanto salió al camino real, el escudero se dirigió hacia el Toboso, y al día siguiente llegó a la venta donde había estado con su señor. Dos personas salían de allí y le reconocieron. Eran el cura y el barbero de su misma aldea, los cuales le preguntaron por su amo. Sancho no quiso responder concretamente; sólo dijo que estaba en cierto lugar y que más no podía añadir.

—No, no —dijo el barbero—; Sancho Panza, si vos no nos decís dónde está, imaginaremos que le habéis matado y robado, pues venís con su caballo.

—No hay por qué amenazarme, pues no soy hombre que robe ni mate a nadie; mi amo se ha quedado haciendo penitencia en medio de la montaña, muy a su gusto.

Y luego, sin parar, les contó las primeras aventuras que con él le habían sucedido, y cómo llevaba una carta a la señora Dulcinea del Toboso, que era la hija de Lorenzo Corchuelo, de quien su amo estaba enamorado. Quedaron admirados los dos de lo que Sancho decía y le pidieron que les enseñase la carta que llevaba a la señora Dulcinea del Toboso. Él dijo que iba escrita en un libro y que tenía orden de su señor de hacerla trasladar en papel en el primer sitio adonde llegase, a lo cual dijo el cura que se la mostrase, que él la trasladaría con muy buena letra. Empezó Sancho a buscar el librillo; pero cuando vio que no le hallaba, se puso a arrancarse las barbas con ambas manos y se quedó con la mitad de ellas.

Al ver esto el cura y el barbero le preguntaron qué era lo que sucedía.

—¿Qué me ha de suceder —respondió Sancho— sino el haber perdido en un instante tres pollinos como tres castillos?

—¿Cómo es eso? —preguntó el barbero.

—He perdido el libro —respondió Sancho— donde venía la carta para Dulcinea y un documento firmado de mi señor, por el cual mandaba a su sobrina que me diese tres pollinos.

Y con esto les contó la pérdida de su asno.

Consolóle el cura y le dijo que cuando hallase a su señor él le haría repetir el documento en papel, puesto que los escritos en libros jamás se cumplían ni se aceptaban.

Con esto se consoló Sancho y dijo que, siendo así, no daba mucha importancia a la pérdida de la carta, pues la recordaba de memoria.

—Decidla pues, Sancho —dijo el barbero—, que después la trasladaremos a papel.

Púsose Sancho a rascar la cabeza;

luego se puso sobre un pie y sobre otro, unas veces miraba al cielo y otras al suelo, y después de haberse roído la mitad de la yema de un dedo, dijo:

—Por Dios, señor licenciado, que no puedo acordarme; aunque al principio decía: «Alta y sobeada señora».

—No diría —dijo el barbero— «sobeada», sino «sobrehumana» o «soberana».

—Así es —dijo Sancho—. Luego, si mal no recuerdo, proseguía: «El llagado y falto de sueño, y el ferido, besa a vuestra merced las manos y no sé qué decía de salud y enfermedad y acababa en vuestro hasta la muerte el Caballero de la Triste Figura.

Tras esto, Sancho contó cosas de su amo y entonces el cura y el barbero pensaron que si uno de ellos se disfrazaba de doncella y pidiera protección acaso podrían inducir a don Quijote a alejarse de aquellos lugares y hacerle así regresar a su aldea. Pero la idea fue desechada, pues no era propio de su condición de varón tamaño disfraz. Entonces creyeron el cura y el barbero que lo mejor sería que Sancho volviese con su amo y que ellos le seguirían de cerca.

CAPÍTULO IX

DE MUCHAS COSAS
QUE SE CUENTAN
EN ESTA HISTORIA

HABÍAN PASADO YA BASTANTES HORAS DE la escena anterior y el cura y el barbero siguiendo a Sancho se encontraban ya en lo más intrincado de la sierra. Cuando estaban allí, sosegados y a la sombra, vieron venir hacia ellos dos viajeros. Uno de ellos era Cardenio, curado ya de su momentánea locura. El otro era Dorotea, la prometida de don Fernando. Ambos habían platicado bastante y desvanecido algunos equívocos.

El cura y el barbero les saludaron cortésmente y una vez conocida la historia maese Nicolás les contó con brevedad la causa que allí les había traído, con la extrañeza de la locura de don Quijote, y cómo aguardaban a su escudero.

En esto llegó Sancho y todos le preguntaron por don Quijote. Les dijo que le había hallado flaco, amarillo y muerto de hambre y que cuando le había dicho que la señora Dulcinea le mandaba que saliese de aquel lugar y se fuese al Toboso había respondido que estaba determinado a no aparecer ante ella hasta que hubiese realizado hazañas que le hicieren digno de su gracia.

El cura le respondió que no tuviese pena, que ellos le sacarían mal que le pesase. Contó luego a Cardenio y Dorotea lo que tenían pensado para remedio de don Quijote, pero que no lo habían puesto en práctica por lo inadecuado de vestirse de mujer.

Entonces Dorotea dijo que ella haría de doncella menesterosa y que además tenía vestidos propios; que le dejasen representar todo aquello que fuese menester para llevar adelante su intento, porque ella había leído muchos libros de caballería y sabía bien el estilo que tenían las doncellas cuitadas cuando pedían sus dones a los caballeros andantes.

—Pues no es menester más —dijo el cura—, sino que luego se ponga por obra; que sin duda la buena suerte se muestra en favor nuestro, pues tan sin pensarlo se nos ha facilitado lo que habíamos de menester.

Hasta entonces Sancho había permanecido callado, él que era un gran hablador. En todo aquel tiempo no apartó los ojos de Cardenio y Dorotea. El primero estaba muy cambiado, pero a Sancho le recordaba al loco que había estado con su amo y el cabrero. Vio cómo Dorotea sacaba una saya entera de cierta telilla rica y una mantellina de otra vistosa tela verde y de una cajita un collar y otras joyas con que en un instante se adornó, de manera que parecía una rica y gran señora.

—Perdonen vuestras mercedes, pero a este hombre le conozco yo y le conoce mi amo. Esta señora no sé quién es ni lo que busca —dijo Sancho.

—Esta señora —respondió el cura— es la heredera por línea recta de varón del gran reino de Micomicón, la cual viene en busca de vuestro amo a pedirle que le deshaga un entuerto o agravio que un mal gigante le tiene hecho.

—Dichoso hallazgo y más si mi amo endereza este tuerto y mata al gigante que agravió a esa señora cuya gracia no conozco —repuso Sancho Panza.

—Se llama —explicó el cura— princesa Micomicona, pues siendo su reino el de Micomicón ella debe llamarse así.

Mientras tanto, Dorotea se puso sobre la mula del cura, y el barbero se acomodó al rostro la barba postiza para no ser reconocido. Dijeron a Sancho que los guiase adonde don Quijote estaba y que no dijese que conocía al barbero, pues de este modo convencerían a su amo.

Anduvieron unos tres cuartos de legua hasta descubrir a don Quijote entre unas peñas. Dorotea se hincó de rodillas ante él y habló de esta guisa:

—No me levantaré de aquí, ¡oh valeroso y esforzado caballero!, hasta que vuestra bondad e hidalguía me otorgue un don, que ha de redundar en honra y prez para vuestra persona y en pro de esta agraviada doncella.

—Nada os responderé hasta que os levantéis de tierra —respondió don Quijote.

—No lo haré si no me es otorgado el don que pido.

—Os lo otorgo y concedo mientras no sea en daño de mi rey, de mi patria y de la dama de mis pensamientos.

—No será en daño de lo que decís, valeroso caballero.

Intervino Sancho Panza que dijo a su señor en voz baja:

—Podéis concederle el don; es bien poca cosa. Sólo se trata de matar a un gigante y la que lo pide es la princesa Micomicona.

—Levántese, señora, que yo le otorgo el bien que pedirme quisiera —dijo el caballero andante.

—Pues lo que pido es que vuestra magnánima persona se venga conmigo donde yo le llevare y me prometa que no intervendrá en otra aventura hasta vencer al gigante que ha usurpado mi reino.

—Digo que así lo haré —respondió don Quijote, y mandó a Sancho que requiriese las cinchas a *Rocinante* y le armase a él.

Sancho descolgó las armas que estaban pendientes de un árbol y en un momento armó a su señor, el cual, al terminar de armarle, dijo:

—Vámonos de aquí en nombre de Dios a favorecer a esta gran señora.

Maese Nicolás el barbero no podía contener la risa oyendo tantas sandeces y procuraba que no se le cayese la barba, pues de ser así todo se descubriría. Se acomodaron todos en sus cabalgaduras y emprendieron el camino.

Todo lo habían presenciado de entre unas breñas Cardenio y el cura, y no sabían cómo juntarse con ellos. El cura tuvo una idea y la puso en práctica. Cuando ellos entraron en el llano a la salida de la sierra, el cura se puso a mirar a don Quijote muy despacio y dando señales de haberle reconocido.

—Para bien sea hallado el espejo de la caballería, mi compatriota don Quijote de la Mancha, flor y nata de la gentileza, amparo de los débiles y quintaesencia de todos los caballeros andantes.

Diciendo esto, el cura tenía abrazado a don Quijote por la rodilla de la pierna izquierda, y el hidalgo manchego estaba maravillado y observaba al cura con gran atención. Cuando le reconoció quedó como asustado y quiso apearse para ofrecer su rocín al cura, pero éste no lo consintió en modo alguno.

—Me bastará subir a las ancas de una de las mulas de estos señores que con vuestra merced caminan.

—Entonces, señora mía, guíe por donde más gusto le diera —dijo don Quijote.

Por el camino pararon unos momentos para descansar y comer, y acertó a pasar por allí un muchacho que reconoció a don Quijote. Le dijo que era aquel mozo, Andrés, que él había quitado de la encina donde estaba atado. Don Quijote quedó muy complacido del encuentro y explicó a todos lo sucedido. Pero al final Andrés contó que de nada le había servido la intervención del caballero, pues su amo había redoblado el castigo y nada había cobrado de su sueldo. Y Andrés se marchó pidiendo a don Quijote que si le viera otra vez en apurada situación no interviniera para nada. Quedó muy corrido y avergonzado don Quijote y los demás disimularon lo mejor que pudieron el desaire sufrido por el hidalgo manchego.

CAPÍTULO X

DE LO QUE SUCEDIÓ EN LA VENTA

AL OTRO DÍA LLEGARON TODOS A LA VENTA y costó mucho convencer a Sancho para que entrara en ella, pues aún no había olvidado lo del manteamiento.

La ventera, el ventero, su hija y Maritornes recibieron a sus huéspedes con mucha alegría y les prepararon alojamiento. Don Quijote que estaba muy maltrecho se acostó sin probar bocado.

El cura pidió que les preparasen de comer y así lo hizo el ventero con esperanza de mejor paga. Mientras comían hablaron de la extraña locura de don Quijote y del modo como le habían hallado. La ventera les contó a su vez lo ocurrido la vez anterior y el manteamiento de Sancho, el cual se había ausentado un momento para ir a ver lo que hacía su señor.

Estando en estas pláticas fueron interrumpidos por el escudero que a grandes voces decía:

—Acudid presto y socorred a mi señor que anda envuelto en la más reñida y trabada batalla que mis ojos han visto. Ha dado tal cuchillada al gigante enemigo de la princesa Micomicona que le ha tajado la cabeza como si fuera un nabo.

—¿Qué decís, hermano? —inquirió el cura—. ¿Estáis en vuestros cabales? ¿Cómo puede luchar con un gigante que está a dos mil leguas de aquí?

En esto oyeron gran ruido en el aposento y que don Quijote decía a voces:

—¡Tente, ladrón, malandrín, que aquí te tengo y de nada te valdrá tu cimitarra!

—No deben limitarse a escuchar, sino a despartir la pelea o ayudar a mi amo, aunque quizá no haga falta, pues el gigante debe yacer sin vida. La luz de la palmatoria me permitió ver correr la sangre por el suelo y la cabeza cortada y caída a un lado, que es tamaña como un gran cuero de vino —dijo Sancho.

—Que me maten —dijo a esta sazón el ventero— si don Quijote o don lo que sea no ha dado alguna cuchillada en alguno de los cueros de vino tinto que a su cabecera estaban llenos, y el vino derramado debe ser lo que parece sangre a este hombre.

Y con esto, el ventero entró en el aposento y todos tras él. Entonces hallaron a don Quijote en el más extraño traje del mundo. Estaba en camisa; en la cabeza un bonetillo colorado y grasiento, que era del ventero; en el brazo izquierdo tenía envuelta la manta de la cama, y en la mano derecha, desenvainada la espada, con la cual daba cuchilladas a todas partes diciendo palabras como si estuviera peleando con algún gigante. Lo bueno del caso es que no tenía los ojos abiertos. Estaba durmiendo y soñaba esta batalla. Dio tantas cuchilladas en los cueros que todo el aposento estaba lleno de vino. El ventero indignado arremetió contra él y a puño cerrado, de tal modo que si no intervienen Cardenio y el cura se acaba allí la guerra del gigante. Finalmente, el pobre caballero despertó cuando el barbero le echó encima un caldero de agua fría del pozo.

Sancho andaba buscando la cabeza del gigante y como no la encontraba no salía de su asombro.

—Pero ¿qué sangre ni qué cabeza? ¿No ves que son los cueros de vino tinto...? —dijo el ventero.

Don Quijote, que creía acabada ya la aventura, se hincó de rodillas ante el cura, creyendo que era la princesa Micomicona, y le dijo:

—Bien puede vuestra grandeza, alta y famosa señora, vivir segura de ahora en adelante, pues ningún mal podrá hacerle esta malvada criatura. He cumplido lo que os prometí.

—¿No lo dije yo? —exclamó Sancho—. Mi amo ha matado al gigante.

Todos reían los disparates de amo y escudero, excepto el dueño de la posada que se lamentaba por sus pérdidas. Entre el cura, Cardenio y el barbero dieron con don Quijote en la cama, el cual se quedó dormido con muestras de grandísimo cansancio. Dejáronle dormir y salieron al portal de la venta. El cura sosegó al ventero prometiéndole satisfacer su pérdida lo mejor que pudiese.

Al anochecer despertó don Quijote y a poco salió armado de todos sus pertrechos, el abollado yelmo de Mambrino en la cabeza y su rodela.

El ventero había ya preparado la cena lo mejor posible; sentáronse todos a una larga mesa y dieron la cabecera y principal asiento a don Quijote, el cual quiso que estuviese a su lado la señora Micomicona, pues él era su defensor. Luego se sentaron los demás y cenaron con gran contento y apetito.

Terminada la cena levantaron los manteles y luego la ventera, su hija y Maritornes prepararon la cama de don Quijote. Éste se ofreció a hacer la guardia del castillo por si algún gigante o malandrín tuviera la idea de atacarlo. Todos se lo agradecieron y mientras se acomodaban para dormir, don Quijote salió fuera de la venta a hacer la centinela del castillo, como había prometido.

En toda la venta se guardaba un gran silencio; sólo no dormían la hija del ventero y Maritornes, entretenidas en hallar algo para burlarse del caballero o en todo caso para oír sus disparates.

Es pues el caso que en toda la venta no había ventana que saliese al campo, sólo un agujero de un pajar, por donde se echaba la paja. Las dos muchachas se arrimaron a este agujero y entonces vieron que don Quijote estaba a caballo, recostado sobre su lanzón y de cuando en cuando exhalaba dolientes y profundos suspiros que parecían sa-

lirle del alma. De pronto oyeron que decía con voz blanda y amorosa:

—¡Oh señora Dulcinea del Toboso! Extremo de toda hermosura e idea de todo lo maravilloso que hay en el mundo. Y ¿qué hará ahora tu merced? ¿Estarás pensando por ventura en tu cautivo caballero, que ha querido exponerse a tantos peligros por su propia voluntad, sólo por el afán de servirte?

A este punto llegaba don Quijote en sus lastimeras palabras cuando la hija del ventero empezó a sisearle y decirle:

—Señor mío, acérquese vuestra merced, si hace el favor.

A cuyas señas y voz volvió don Quijote la cabeza, y vio a la luz de la luna cómo le llamaban desde el agujero que a él le pareció ventana y con rejas doradas, como conviene que las tengan los castillos tan ricos como él imaginaba que era aquella venta; y así, por no mostrarse descortés, volvió las riendas de *Rocinante* y se acercó al agujero y en cuanto vio a las dos mozas dijo:

—Lástima me da, hermosa señora, que hayáis puesto vuestro amor en lugar donde no es posible corresponderos, tal como merece vuestra gran gentileza; pero no habéis de culpar a este miserable caballero, pues el amor de su dama le hace imposible entregar su voluntad a otra que no sea ella.

—No necesita nada de eso mi señora, señor caballero —dijo en este momento Maritornes.

—Pues ¿qué necesita vuestra señora? —preguntó don Quijote.

—Sólo una de vuestras hermosas manos. Ni más ni menos que eso —repuso Maritornes.

Le pareció a Maritornes que sin duda don Quijote daría la mano que le había pedido; y, pensando lo que había de hacer, bajó del agujero y fue a la caballeriza, donde tomó la rienda del jumento de Sancho Panza, y volvió con prisa a su agujero, al tiempo que don Quijote se había encaramado en la silla de *Rocinante* para alcanzar la ventana enrejada, donde se imaginaba que estaba la doncella; y al darle la mano dijo:

—Tomad esa mano, señora; tomad esa mano a quien no ha tocado otra de mujer alguna, ni aun siquiera la de mi dueña. No os la doy para que la beséis, sino para que miréis sus nervios, sus músculos, la anchura y longitud de sus venas, a fin de que podáis saber cómo debe ser la fuerza del brazo que tal mano tiene.

—Ahora lo veremos —dijo Maritornes.

Y haciendo un lazo corredizo en la rienda, se lo echó a la muñeca; y, bajando del agujero, ató el otro extremo a la puerta del pajar. Don Quijote, que sintió la aspereza del cordel en su muñeca, dijo:

—Más bien parece que vuestra merced me restriega la mano, que no que me la acaricia. No la tratéis así, pues ella no tiene la culpa del mal que mi voluntad os hace, ni está bien que queráis vengar vuestro enojo en tan poca cosa.

Pero todas estas palabras que decía don Quijote ya no las escuchaba nadie, porque, en cuanto Maritornes le ató, ella y la otra se fueron, muertas de risa; y le dejaron atado de tal manera que le fue imposible soltarse.

Estaba don Quijote de pie sobre *Rocinante*, metido todo el brazo por el agujero y atado por la muñeca al cerrojo de la puerta, con grandísimo miedo de que si *Rocinante* se desviaba a un lado o a otro quedaría colgado por el brazo; y así no se atrevía a hacer ningún movimiento, esperando que, dada la paciencia y quietud de *Rocinante*, podía estar sin moverse un siglo entero.

En resumen, viéndose don Quijote atado, y que ya las damas se habían ido, se le ocurrió pensar que todo aquello era cosa de encantamiento. Con todo esto, tiraba de su brazo para ver si podía soltarse; mas estaba tan bien atado que todos sus esfuerzos fueron en vano. Entonces empezó a llamar a Sancho para que le ayudase; se acordó de nuevo de su señora Dulcinea y empezó a exagerar la falta que haría en el mundo su presencia todo el tiempo que estuviera encantado.

Allí le encontró la mañana, tan desesperado que bramaba como un toro, porque no esperaba que con el día se remediase su desgracia, pues la creía eterna, suponiendo que estaba encantado. En esto llegaron a la venta tres hombres a caballo, muy bien armados con sus escopetas. Eran cuadrilleros de la Santa Hermandad. Llamaron a la puerta de la venta, que aún estaba cerrada, con grandes golpes; al verlos don Quijote les dijo:

—Caballeros o escuderos, no tenéis por qué llamar a la puerta de este castillo; está bastante claro que a estas horas los que están adentro duermen o no tienen por costumbre abrir hasta más tarde. Quedaos afuera y esperad a que aclare el día, y entonces veremos si es justo o no que os abran.

—¿Qué castillo o fortaleza es éste para obligarnos a guardar estas ceremonias? —dijo uno—. Si sois el ventero mandad que nos abran la puerta.

—¿Os parece que tengo yo aspecto de ventero? —inquirió don Quijote.

—No sé qué aspecto tenéis, pero sé que decís un disparate al llamar castillo a esta venta —repuso uno de los caminantes.

—Castillo es y de los mejores de esta provincia, pues dentro hay gente que ha tenido el cetro en la mano y la corona en la cabeza.

Cansábanse los hombres que venían de aquella conversación y así volvieron a llamar con gran furia, de tal manera que despertó el ventero y todos los que estaban en la venta. Sucedió en este momento que una de las cabalgaduras de los tres que venían se acercó a oler a *Rocinante*, que melancólico y triste, con las orejas gachas, sostenía sin moverse a su estirado señor; el animal se volvió a oler a quien llegaba, y así, en cuanto se movió un poco, se desviaron los juntos pies de don Quijote; y resbalando de la silla hubiese caído al suelo de no quedar colgado por el brazo, cosa que le causó tanto dolor, que creyó que le cortaban la muñeca o que le arrancaban el brazo, porque quedó tan cerca del suelo que tocaba la tierra con las puntas de sus pies, lo que era en perjuicio suyo, porque, viendo que le faltaba poco para poner los pies en tierra, fatigábase y estirábase cuanto podía para alcanzar el suelo.

En esto llegó el ventero para saber qué pasaba, y Maritornes, que ya había despertado, imaginó lo que podía ser. Fue al pajar y sin que nadie la viese desató la rienda que sostenía a don Quijote, el cual cayó al suelo de repente, delante del ventero y de los cuadrilleros, que, acercándose a él, le preguntaron qué le ocurría.

Don Quijote, sin responder palabra, se quitó el cordel de la muñeca; poniéndose en pie subió sobre *Rocinante* y tomando su escudo y su lanza dijo:

—Si alguien dijere que yo he sido encantado con justo título, como mi señora, la princesa Micomicona, me dé licencia para ello, yo le desmiento, le reto y le desafío en singular batalla.

Admirados quedaron los cuadrilleros de las palabras de don Quijote; pero el ventero les sacó de aquella admiración diciéndoles quién era y que no había que hacer caso de él porque había perdido el juicio.

En aquel momento la casualidad hizo que entrara en la venta el barbero a quien don Quijote había quitado el yelmo de Mambrino, y Sancho Panza los aparejos del asno, que cambió por los suyos. El tal barbero, llevando a su jumento a la caballeriza, vio a Sancho Panza, que estaba arreglando no sé qué de la albarda; y en cuanto la vio la conoció y se atrevió a acometer a Sancho, diciendo:

—¡Ah, don ladrón, que aquí os tengo! ¡Venga mi palangana y mi albarda, con todos los aparejos que me robaste!

Sancho, que se vio acometer tan de improviso y oyó los vituperios que le decían, tomó la albarda con una mano y con la otra dio tal puñetazo al barbero que le bañó los dientes en sangre, pero el barbero sin amilanarse por ello empezó a gritar pidiendo ayuda. Acudieron todos, y mientras Sancho afirmaba que aquello era suyo por haberlo ganado su amo en buena lid, el otro aseguraba que era de su pertenencia. Entre otras cosas decía:

—Señores, así esta albarda es mía como la muerte que debo a Dios, y ahí está mi asno en el establo, que no me dejará mentir. Y hay más: que el mismo día que ella se me quitó, me quitaron también una bacía o palangana de latón nueva que no se había estrenado.

Aquí no se pudo contener don Quijote y dijo:

—Vean vuestras mercedes claramente el error en que está este buen hombre, pues llama palangana a lo que es y será el yelmo de Mambrino, el cual se lo quité en buena lid y me hice señor de él con legítima y lícita posesión. En lo de la albarda no me meto; pero lo que sabré decir es que mi escudero Sancho me pidió permiso para quitar los aparejos del caballo de este vencido cobarde, y con ellos adornar el suyo. Yo se lo di y él los tomó. Para confirmación de lo cual, corre, Sancho, hijo, y saca el yelmo que este buen hombre dice ser palangana.

Sancho fue adonde estaba la palangana y la trajo; y en cuanto don Quijote la vio, la tomó en sus manos y dijo:

—Miren vuestras mercedes con qué cara podrá decir este hombre que esto es una palangana y no el yelmo. Juro por la orden de caballería que profeso que este yelmo es el mismo que yo le quité, sin haber añadido ni quitado cosa alguna de él.

—¿Qué les parece a vuestras mercedes lo que afirma este caballero? —interrogó el barbero—. Aún insiste en que esto no es palangana, sino yelmo.

—Y a quien dijere lo contrario —repuso don Quijote— le haré yo conocer que miente, si fuese caballero, y si fuese escudero que reviente.

Maese Nicolás, barbero también, que estaba presente, como ya conocía la locura de don Quijote, quiso seguir el desatino y llevar adelante la burla para que todos riesen; y dijo al otro barbero:

—Señor barbero, o quien seáis, sabed que yo también soy de vuestro oficio desde hace más de veinte años, y conozco todos los instrumentos de la barbería, sin que falte ninguno; y además fui soldado en mi mocedad, y sé también lo que es un yelmo. Esta pieza que está aquí delante no sólo no es una palangana de barbero, sino que está tan lejos de serlo como lo blanco de lo negro y la verdad de la mentira.

—Así es —dijo el cura, apoyando a su amigo, y lo mismo confirmaron Cardenio, Dorotea y otros de los presentes, dispuestos a proseguir la burla.

—¡Válgame Dios! —exclamó el barbero burlado—. ¿Cómo es posible que tanta gente honrada diga que no es palangana sino yelmo? No puedo entenderlo.

En esto uno de los criados que no sabía nada de la burla al ver que llamaban yelmo a la palangana dijo:

—No puedo convencerme de que hombres de tanto entendimiento llamen una cosa por otra. Debe haber en todo ello un misterio que no acierto a descifrar.

Uno de los cuadrilleros que acababa de entrar quiso saber lo que se discutía y al enterarse del asunto exclamó indignado:

—Esto no es yelmo, sino palangana de barbero, y el que ha dicho otra cosa está ebrio.

—¡Mentís como un bellaco, villano! —exclamó don Quijote.

Y alzando la lanza le iba a descargar tal golpe, que de no apartarse el cuadrillero le dejara allí tendido. El lanzón se hizo pedazos en el suelo, y los demás cuadrilleros, que vieron tratar tan mal a su compañero, alzaron la voz, pidiendo auxilio a la Santa Hermandad.

El ventero, que era también de la cuadrilla de la Santa Hermandad, entró por su vara, signo de autoridad, y se puso al lado de sus compañeros. El barbero, viendo la casa revuelta, tomó de nuevo su albarda, y lo mismo hizo Sancho; don Quijote echó mano a su espada y arremetió contra los cuadrilleros; Cardenio decía que ayudasen a don Quijote, pues estaban todos de su parte; el cura daba voces, la ventera gritaba, su hija se afligía, Maritornes lloraba y Dorotea estaba confusa. El barbero aporreaba a Sancho, Sancho al barbero, y todos contra todos, de modo que toda la venta era llantos, voces, gritos, confusiones, temores, sobresaltos, puñetazos, palos, coces y efusión de sangre. Y en mitad de este caos y laberinto de cosas se acordó don Quijote de que estaba metido de repente en la discordia del campo de Agramante; y así dijo con voz atronadora:

—¡Deténganse todos, todos envainen, todos se calmen, y óiganme todos, si todos quieren conservar la vida!

A estas palabras todos se pararon y él prosiguió diciendo:

—¿No os dije yo, señores, que este castillo estaba encantado y que alguna legión de malandrines debía de habitar en él? En confirmación de lo cual quiero que veáis cómo se ha trasladado aquí la discordia del campo de Agramante. Mirad como allí se pelea por la espada, aquí por la albarda, acá por el águila, acullá por el yelmo; y todos peleamos y no nos entendemos. Venga, pues, vuestra merced, señor cura, y vuestra merced, señor Cardenio; y el uno haga de rey Agramante y el otro del rey Sobrino y pónganse en paz porque por Dios que es un gran disparate que gente tan principal como la que hay aquí se mate por causas tan leves.

Después de varios coloquios y explicaciones se sosegaron todos. La albarda se quedó para adorno, la palangana por yelmo y la venta por castillo en la imaginación de don Quijote.

De esta manera se calmó aquella máquina de pendencias por la autoridad del rey Agramante y la prudencia del rey Sobrino; pero al verse burlado el enemigo de la paz, y al ver de cuán poco había servido el ponerlos a todos en tan confuso laberinto, decidió probar otra vez, resucitando nuevas pendencias y desasosiegos.

Sucedió que a uno de los cuadrilleros le vino a la memoria que entre algunos mandamientos que guardaba para prender delincuentes llevaba uno contra don Quijote, a quien la Santa Hermandad había mandado prender por haber dado libertad a unos galeotes. Imaginando, pues, esto quiso asegurarse de si las señas que traía de don Quijote venían bien; y sacando un pergamino doblado con papeles dentro encontró el que buscaba y se puso a leerlo despacio, y a cada palabra que leía ponía los ojos en don Quijote, e iba comparando las señas de la orden con la cara del caballero; y halló que sin duda alguna la orden se refería a él. Y en cuanto se hubo cerciorado, recogió su pergamino y mostró la orden con la izquierda, mientras con la derecha agarraba del cuello a don Quijote y a grandes voces decía:

—¡Favor a la Santa Hermandad! Y para que se vea que lo pido de veras léase este mandamiento, en el que dice que se prenda a este salteador de caminos.

Tomó el cura la orden y vio que era verdad cuanto el cuadrillero decía y cómo coincidían las señas con las de don Quijote, el cual, viéndose maltratado por aquel hombre, encolerizado asió al cuadrillero con ambas manos de la garganta, y de no socorrerle sus compañeros hubiera dejado allí la vida.

—¡Vive Dios, que es verdad lo que dice mi señor de los encantos de este castillo, porque no es posible pasar en él una hora tranquilo! —dijo Sancho.

Los cuadrilleros no cesaban de reclamar su preso y que les ayudasen a atarle.

Reíase de estas palabras don Quijote, y con mucha calma decía:

—Venid acá, gente soez y mal nacida: ¿saltear caminos llamáis a dar libertad a los encadenados, soltar a los presos, socorrer a los miserables, alzar a los caídos y ayudar a los necesitados? No comprendéis el valor que se encierra en la caballería andante. Venid acá, ¿quién fue el ignorante que firmó la orden de prisión contra un caballero andante como soy yo?

En tanto que don Quijote decía esto, el cura estaba persuadiendo a los cuadrilleros de que don Quijote no estaba en su sano juicio y que no tenían por qué seguir adelante. Tanto les supo decir el cura y tantas locuras supo hacer don Quijote que se sosegaron, comprendiendo que si le prendían luego le soltarían por loco. Decidieron como árbitros de la justicia ayudar a hacer las paces entre el barbero y Sancho Panza. Se cambiaron las albardas, y en cuanto al yelmo, el cura dio al barbero ocho reales como compensación. A su vez el ventero aprovechó el momento para pedir el precio del alojamiento más las pérdidas sufridas. A todo se avino el cura, y Dorotea y Cardenio pagaron la cuenta de todo.

Viéndose don Quijote libre de pendencias se fue a postrar de hinojos ante Dorotea y le dijo:

—Es común proverbio, señora, que la diligencia es madre de la buena ventura. Esto lo digo porque me parece que nuestra estancia en este castillo ya no tiene objeto. Así que, señora mía, marchémonos pronto de aquí, que ya estoy deseando verme con vuestros enemigos.

—Yo os agradezco el deseo que mostráis tener de favorecerme en mi apuro, y quiera el cielo que vuestro deseo y el mío se cumplan, para que veáis que hay mujeres agradecidas en el mundo; y en lo que respecta a mi partida vámonos en seguida, pues yo no tengo más voluntad que la vuestra —repuso Dorotea.

—Vámonos pues cuanto antes. Ensilla a *Rocinante*, Sancho, y apareja tu jumento y el caballo de la señora princesa y despidámonos del castellano y de estos señores.

Dos días habían pasado desde que toda aquella ilustre compañía estaba en la venta, y decidieron obrar de modo que pudieran el cura y maese Nicolás el barbero volver con don Quijote a la aldea, para tratar de curarle, sin que tuviesen necesidad de molestarse Dorotea y Cardenio y seguir con el invento de la princesa Micomicona.

A tal fin se pusieron de acuerdo con un carretero de bueyes, que acertó a pasar por allí, para que le llevase en su carro. Hicieron una especie de jaula de palos enrejados, grande para que pudiera caber en ella don Quijote, y luego todos por orden del cura se cubrieron los rostros y se disfrazaron de una u otra manera, de modo que a don Quijote le pareciese gente distinta de la que había visto en el castillo. Hecho esto entraron con gran silencio en el cuarto donde descansaba nuestro caballero. Asiéndole con fuerza le ataron muy bien las manos y los pies, de modo que cuando despertó no pudo moverse y creyó que todas aquellas figuras eran fantasmas de aquel castillo encantado.

Sin embargo, Sancho reconoció a los disfrazados, pero no se atrevió a decir palabra hasta ver el paradero de la desgracia de su amo, el cual fue que trayendo allí la jaula lo encerraron dentro y le clavaron dos maderos tan fuertemente que no se podía romper de ninguna manera. Tomáronle luego en hombros y al salir del aposento se oyó una voz temblorosa (la de maese Nicolás) que decía:

—¡Oh, caballero de la Triste Figura! No te dé pena la prisión en que vas, porque así conviene para poner remate a la aventura en que te puso tu gran esfuerzo, y tú, escudero, te aseguro que se cumplirán las promesas que te ha hecho tu buen señor y que tu salario te será pagado.

—Quienquiera que seas, que tanto bien me has proporcionado, te ruego pidas al sabio encantador que se encarga de mis cosas que no me deje perecer en esta prisión donde ahora me llevan, hasta ver cumplidas las promesas que se me han hecho.

Luego sacaron la jaula en hombros de aquellas visiones, y la colocaron en el carro de los bueyes.

Cuando don Quijote se vio de aquella manera, enjaulado y encima del carro, dijo:

—Muchas y muy graves historias he leído yo de los caballeros andantes; pero jamás he leído ni visto ni oído que a los caballeros encantados se les conduzca de esta forma tan lenta, porque siempre se les suele llevar por los aires, con extraordinaria ligereza, encerrados en alguna oscura nube o en un carro de fuego, pero que me lleven a mí ahora sobre un carro de bueyes, ¡vive Dios que me pone confuso! Pero quizá se hayan inventado otra clase de encantamientos y otros modos de llevar a los encantados.

A todo esto el cura se había puesto de acuerdo con los cuadrilleros para que le acompañaran a la aldea, dándoles un tanto cada día. Cardenio colgó el escudo y la palangana de la silla de *Rocinante*, y por señas mandó a Sancho que subiese a su asno y tomase las riendas de *Rocinante*, y puso a los dos lados del carro a los cuadrilleros; pero antes de que se moviese el carro salió la ventera con su hija y Maritornes a despedirse de don Quijote, fingiendo que lloraban de dolor por su desgracia.

En tanto que el caballero consolaba a las mujeres de la venta, el cura y el barbero se despedían de Dorotea y Cardenio y la demás compañía. Todos se abrazaron y acordaron notificarse sus sucesos.

Subieron a sus cabalgaduras el cura y el barbero, ambos con sus antifaces para no ser reconocidos por don Quijote, y pusiéronse a caminar.

Don Quijote iba sentado en su jaula, las manos atadas, tendidos los pies y arrimados a la verja, con tanto silencio y tanta paciencia que no parecía que fuera hombre de carne, sino estatua de piedra; y así, con aquella calma y silencio, caminaron unas dos leguas, hasta que llegaron a un valle donde el boyero opinó que podrían pararse un rato para reposar y dar pasto a los bueyes; y habiéndoselo dicho al cura, el barbero fue del parecer que caminasen un poco más, porque él sabía que detrás de una colina que había allí cerca se extendía un valle de más hierba y mucho mejor que aquél donde querían parar. Se aceptó la opinión del barbero, y así volvieron a seguir su camino.

CAPÍTULO XI

NUEVAS AVENTURAS
ANTES DE REGRESAR
A LA ALDEA

EN ESTO VOLVIÓ EL CURA EL ROSTRO Y VIO que a sus espaldas venían seis o siete hombres a caballo, por los cuales fueron alcanzados muy pronto, porque no caminaban con la calma y reposo de los bueyes, sino como quien iba sobre mulas de canónigos, y con deseo de llegar pronto a sestear a la venta, que se veía a menos de una legua de allí. Se acercaron los diligentes a los perezosos y les saludaron con cortesía; y uno de los que venían, que era canónigo de Toledo y señor de los demás que le acompañaban, viendo la procesión que formaban el carro, los cuadrilleros, Sancho, *Rocinante*, el cura, el barbero y don Quijote, enjaulado y aprisionado, no pudo dejar de preguntar qué significaba llevar a aquel hombre de aquella manera; aunque ya había supuesto, viendo las insignias de los cuadrilleros, que debía de ser algún facineroso, salteador u otro delincuente, cuyo castigo correspondiese a la Santa Hermandad.

—A la mano de Dios —replicó don Quijote—; puesto que es así, quiero, señor, que sepáis que yo voy encantado en esta jaula, por envidia de malos encantadores, ya que la virtud es más perseguida por los malos que amada por los buenos. Soy caballero andante, y no de aquellos de cuyo nombre nunca se acordó la fama para eternizarlos en su memoria, sino de aquellos que, a pesar de la misma envidia y de todos los magos y brahmanes, han de poner su nombre en el templo de la inmortalidad, para que sirvan de ejemplo en los siglos venideros, donde los caballeros andantes vean los pasos que han de seguir si quieren llegar a la cumbre y alteza de las armas.

—Dice verdad el señor don Quijote de la Mancha —dijo entonces el cura—; que él va encantado en esta carreta no por sus culpas y pecados, sino por la mala intención de aquellos a quienes enojan la virtud y la valentía. Éste es, señor, el caballero de la Triste Figura, al que ya quizás oísteis nombrar en algún tiempo por sus hazañas. Estoy seguro que así es.

Cuando el canónigo oyó hablar al preso y al libre con semejante estilo estuvo a punto de hacerse cruces de admiración, y no podía saber lo que le había sucedido, e igualmente estaban admirados todos los que con él venían.

El cura entendió lo que debía pensar el señor canónigo y le dijo que caminara un poco adelante, que él le explicaría el misterio del enjaulado, junto con otras muchas cosas de las andanzas en que se había metido el caballero de la Triste Figura.

Hízolo así el canónigo y, adelantándose con sus criados y con él, prestó atención a todo lo que le decía el cura de la vida, locura y costumbres de don Quijote, contándole aquél brevemente la causa del desvarío del hidalgo y todos los sucesos que le habían acaecido hasta su encierro en aquella jaula, y la idea que tenían de llevarle a su tierra para ver si por algún medio podrían curar su locura.

Admiróse el canónigo de la peregrina historia de don Quijote y al acabar de oírle dijo:

—Verdaderamente, señor cura, yo por mi parte creo que son perjudiciales esos que llaman libros de caballería; y aunque he leído casi el principio de los que están impresos jamás he podido acabar ninguno, porque me parece que, más o menos, son todos lo mismo. Y según yo creo, este género de escrituras son cuentos disparatados, sólo para pasar el rato y no para enseñar, y no entiendo cómo pueden conseguir deleitar al que los lee, llenos de tantos y tan terribles disparates.

El cura lo estuvo escuchando con gran atención y le pareció que tenía razón en cuanto decía; y así le dijo que, por ser él de la misma opinión, había quemado casi todos los libros de la biblioteca del hidalgo, de lo cual se rió el canónigo muy a gusto.

A este punto de su conversación llegaban el canónigo y el cura cuando, adelantándose el barbero, se acercó a ellos y dijo al cura:

—Aquí es el lugar que yo dije que era bueno para que los bueyes tuviesen fresco y abundante pasto, mientras nosotros comemos y luego hacemos la siesta.

Entonces Sancho rogó al cura que permitiese que su señor saliese de su jaula, pues si no le dejaban salir, no iría tan limpia aquella prisión como requería la decencia de un tal caballero como su amo. El cura, después de haber prometido don Quijote que no se escaparía, abrió la jaula para que saliera de ella el caballero, de lo cual éste se alegró infinito y en gran manera.

Seguidamente, don Quijote tuvo una larga plática con el canónigo, al término de la cual los criados de éste prepararon la mesa para la comida.

Mientras estaban comiendo llegó un cabrero que estaba buscando una cabra a la que pudo encontrar cerca de allí. El hombre departió con todos, y don Quijote intervino para decirle que él era caballero andante y estaba dispuesto a ayudarle, pues su profesión era la de favorecer a los desvalidos y necesitados. El cabrero se admiró del aspecto de don Quijote, y al decirle el barbero quién era no pudo por menos que echarlo a broma. No pudo resistirlo don Quijote y la emprendió a golpes contra el cabrero, armándose una descomunal pendencia, en la que nuestro caballero recibió lo suyo, como sucedía muchas veces.

Poco después, apaciguados los ánimos, don Quijote vio que por un camino bajaban hombres vestidos de blanco, a modo de disciplinantes. Creyó que aquello sería una nueva aventura, y sin escarmentar subió sobre *Rocinante* y detuvo a la comitiva. Otra vez don Quijote salió malparado, pues la turba de disciplinantes la emprendió contra él.

Los de la comitiva, después de oír las explicaciones del cura sobre la locura de don Quijote, prosiguieron su camino y lo mismo hizo el grupo del cura y el barbero y los demás acompañantes.

Al cabo de seis días llegaron a la aldea de don Quijote, adonde entraron en la mitad del día, que acertó a ser domingo, y la gente estaba toda en la plaza. Acudieron a ver lo que en el carro venía y quedaron asombrados al conocer a su compatriota. Un muchacho corrió a dar las nuevas al ama y a la sobrina de que su tío y señor venía flaco y amarillo, tendido sobre un montón de heno.

El ama y la sobrina recibieron a don Quijote, le desnudaron y le tendieron en su antiguo lecho. Él las miraba con ojos atravesados y no acababa de entender dónde estaba. El cura encargó a la sobrina tuviese gran cuenta de obsequiar a su tío, y que tanto ella como el ama cuidasen de que no se les escapase otra vez. Aquí alzaron las dos mujeres los gritos al cielo, renovaron las maldiciones de los libros de caballería y pidieron a Dios que confundiese en el centro del abismo a los autores de tantas mentiras y disparates.

DON QUIJOTE DE LA MANCHA

SEGUNDA PARTE

PARECE QUE CERVANTES PENSABA YA DEJAR DESCANSAR a su héroe en su aldea, pero la noticia de haberse publicado un Quijote apócrifo, de un tal Fernández de Avellaneda, le movió a escribir una segunda parte, en la que el héroe manchego decidió reanudar sus aventuras y participar en unas justas que iban a celebrarse en Zaragoza, aconsejado por el bachiller Sansón Carrasco. Sin embargo, enterado don Quijote de que en la obra de Avellaneda el hidalgo iba a Zaragoza cambió de idea y se dirigió a Barcelona.

Entre las aventuras más destacadas de esta segunda parte figuran su falso encuentro con Dulcinea, su combate con el caballero del Bosque, el encuentro con el caballero del Verde Gabán, el enfrentamiento con el león, las bodas de Camacho, el episodio de la cueva de Montesinos, la aventura del rebuzno y la del titiritero, el encuentro con los duques, la estancia en el castillo y las graciosas burlas que éstos deparan a amo y escudero; la etapa de Sancho Panza como gobernador de la ínsula Barataria, y luego ya el viaje a Barcelona, la derrota a manos del caballero de la Blanca Luna, su regreso a la aldea y su muerte. Esta parte abarca del capítulo XII al XIX.

CAPÍTULO XII

DON QUIJOTE SIGUE EN LA ALDEA

EL CURA Y EL BARBERO ESTUVIERON CASI un mes sin ver a don Quijote por no renovarle ni traerle a la memoria las cosas pasadas; pero no por eso dejaron de visitar a la sobrina y al ama interesándose por el estado del hidalgo manchego. Por fin, un día decidieron visitarle y fueron muy bien recibidos por don Quijote. Le preguntaron por su salud y él contestó con mucho sentido común. El ama y la sobrina se hallaban también presentes y no dejaban de dar gracias a Dios viendo a su señor con tan buen entendimiento. Mas el cura quiso hacer una prueba para experimentar si la curación era completa, y así llegó a explicar que se decía que los turcos se aproximaban con una poderosa escuadra y que toda la cristiandad estaba alarmada por ello.

—Si yo pudiera aconsejaría a Su Majestad sobre una defensa que sería vital contra los turcos —explicó don Quijote.

—¿Y cuál sería esta defensa? —preguntó el barbero.

—Pues que Su Majestad hiciera un pregón público mandando que se reúnan en la corte todos los caballeros andantes que recorren España. Con media docena de ellos bastaría para derrotar al turco. Porque un solo caballero puede destruir un ejército de doscientos mil hombres. Así lo pregonan las historias. Y Dios cuidará de su pueblo y hará surgir por lo menos a uno. Y yo sé lo que me digo… Y es lo menos que puedo decir al respecto.

—¡Que me maten si no quiere mi señor tío volver a ser caballero andante! —exclamó la sobrina.

—Caballero andante soy y caballero andante he de morir, y que vengan los turcos cuando quisieren.

A esto dijo el cura:

—Aunque yo casi no he dicho palabra hasta ahora no quisiera quedarme con un escrúpulo que me roe la conciencia y es que no acabo de convencerme de que toda esa colección de caballeros que vuestra merced ha referido hayan sido personas de carne y hueso, sino que imagino que se trata de fábulas y sueños.

—Eso es un error, pues han existido y estoy por decir que yo he visto con mis propios ojos a Amadís de Gaula; y en cuanto al filisteo Goliat era un gigante que tenía siete codos y medio de altura. ¿Y qué me dicen de Reinaldo, de Roldán y de los Doce Pares de Francia?

Iba a contestar el cura cuando oyeron que el ama y la sobrina, que se habían ausentado unos momentos, daban grandes voces en el patio, y acudieron presurosos al ruido.

Ama y sobrina gritaban a Sancho Panza, que pugnaba por entrar a ver a su señor, y ellas le decían:

—¿Qué quiere este mostrenco en esta casa? Idos a la vuestra, que vos sois el que saca de quicio a mi señor y le lleva por esos andurriales.

—El desquiciado y llevado por esos andurriales soy yo y no tu amo. Él me llevó por esos mundos; él fue quien me sacó de mi casa con engañifas prometiéndome una isla que aún espero.

—¡Malas islas te ahoguen! No entraréis aquí, saco de maldades. Id a vuestra casa a labrar vuestros campos —dijo el ama.

Mucho se divertían el cura y el barbero oyendo la conversación de los tres; pero don Quijote, temeroso de que Sancho dijese más inconveniencias, ordenó a las mujeres que se callasen y dejasen entrar a su escudero. Entró éste y el cura y el barbero se despidieron de don Quijote, casi convencidos de que no sanaría de su enfermedad.

Don Quijote habló a Sancho en su aposento. Le reprochó sus palabras de antes de que él le había engañado en lo de las aventuras. Finalmente le preguntó lo que opinaban de él en la aldea.

—Lo primero es que la gente le tiene por un loco y por un mentecato. Hay quien dice que vuestra merced se ha puesto don sin venir a cuento y se ha metido caballero con cuatro cepas y unas pocas tierras que posee.

—Mira, Sancho, debo decirte que dondequiera que está la virtud es perseguida; poco o ninguno de los hombres famosos se libraron de ser calumniados.

—Pero aún hay más —repuso Sancho—; anoche llegó el hijo de Tomé

Carrasco, que viene de estudiar de Salamanca, hecho bachiller, y me dijo que corre una historia de vuestra merced con el nombre de *El ingenioso hidalgo don Quijote de la Mancha*, y dice que yo también estoy en ella con el nombre de Sancho y cuenta cosas que sólo los dos conocemos.

—Yo te aseguro, Sancho, que debe de ser algún sabio encantador el autor de nuestra historia.

—Pues sí. Según el bachiller Sansón Carrasco el autor de esta historia se llama Cide Hamete Berengena.

—Este nombre es moro —respondió don Quijote—. Y ganas tengo de hablar con ese bachiller.

—Pues él también y ahora voy a buscarle— y Sancho dejó a su señor y volvió con Sansón al cabo de algún rato.

El bachiller, aunque se llamaba Sansón, no era muy grande de cuerpo, aunque sí era un gran socarrón; tenía un color macilento, pero muy buen entendimiento. De unos veinticuatro años de edad, su cara redonda, su nariz chata y su gran boca demostraban claramente su condición maliciosa y su afición por guasas y burlas; cosa que demostró al ver a don Quijote, poniéndose de rodillas ante él y diciendo:

—Deme vuestra grandeza las manos, señor don Quijote de la Mancha; que es vuestra merced uno de los más famosos caballeros que ha habido y habrá en toda la redondez de la tierra. ¡Bienaventurado sea Cide Hamete Benengeli, que la historia de vuestras hazañas dejó escrita, y también el que las tradujo del árabe a nuestro castellano para universal entretenimiento de las gentes!

Hízole levantar don Quijote y le dijo:

—Así, pues, ¿es verdad que existe una historia mía y que fue moro y sabio quien la compuso?

—Es tan verdad, señor —dijo Sansón—, que creo que van impresos más de doce mil libros de la tal historia, en Portugal, Barcelona y Valencia, y se dice que se está imprimiendo en Amberes.

—Una de las cosas —dijo don Quijote— que satisface más al hombre virtuoso es verse, aún en vida, andar en las lenguas de las gentes con buen nombre.

—Si es por buena fama y por buen nombre —dijo el bachiller—, sólo vuestra merced lleva la palma de todos los caballeros andantes, porque se habla de vuestra valentía para acometer los peligros y de vuestro honesto y platónico amor por doña Dulcinea del Toboso.

—Nunca —dijo Sancho— he oído llamar con don a mi señora Dulcinea, sino solamente Dulcinea del Toboso; ya en esto está equivocada la historia.

—Eso no tiene gran importancia —respondió Carrasco.

—No, por cierto —dijo don Quijote—. Pero, dígame vuestra merced, señor bachiller: ¿qué hazañas mías son las que se cuentan en esta historia? ¿Puede decírmelo?

—En eso —dijo el bachiller— hay diferentes opiniones. Unos se atienen a la aventura de los molinos de viento que vuestra merced tomó por gigantes; otros a la descripción de los dos ejércitos, que resultaron ser manadas de carneros; uno dice que no hay nada mejor que la libertad de los galeotes y otro prefiere las cabriolas que hizo Sancho en la manta.

—En la manta no hice yo cabriolas —respondió Sancho—; en el aire sí, y más de las que yo quisiera.

—Por lo que yo imagino —dijo don Quijote—, no hay historia en el mundo que no tenga sus altibajos, especialmente las de caballería.

—A pesar de todo —respondió el bachiller—, dicen algunos que han leído la historia que preferirían que el autor hubiese olvidado algunos de los infinitos palos que recibió el señor don Quijote.

—También pudieran callarlos —respondió don Quijote—; pues las acciones que no cambian la verdad de la historia no hay por qué escribirlas si son en menosprecio del héroe de la historia.

—Y sabed, Sancho, que vos sois la segunda persona de la novela, aunque no falta quien diga que fuisteis demasiado crédulo al pensar que podría ser verdad lo del gobierno de la isla —dijo el bachiller Sansón Carrasco.

—Aún queda tiempo —dijo don Quijote— y cuanta más edad tenga Sancho mayor experiencia adquirirá y será más hábil para gobernar.

—Verdad es —dijo Sansón—, que Sancho llegará a gobernador.

—Yo he visto por ahí algunos que no llegan a la suela de mi zapato —repuso Sancho— y sin embargo les llaman señoría y les sirven en plata.

—Esos no gobiernan islas —añadió Sansón—, sino cosas de menor importancia.

—Y dejando esto del gobierno, digo, señor bachiller —continuó Sancho—, que me satisface que el autor haya hablado bien de nosotros y no haya puesto a trochemoche lo primero que le viniera al magín.

—Eso no —respondió Sansón—, porque la historia es tan clara que no hay ninguna dificultad en ella. No hay antecámara de señor donde no se halle un *Don Quijote;* unos le toman si otros le dejan, éstos le prestan y aquéllos le piden. Y finalmente, la tal historia es del menos perjudicial entretenimiento

que hasta ahora se haya visto, pues no hay en ella ni palabra ni pensamiento que no sea católico.

—Si no fuera así —dijo don Quijote— no fuera escribir verdades, sino mentiras, y los historiadores de mentiras habían de ser quemados como moneda falsa. Yo creo, señor bachiller, que para componer libros es menester un gran juicio y entendimiento, pero no obstante, hay algunos que componen libros como si fueran buñuelos.

—No hay libro tan malo —dijo el bachiller— que no tenga algo bueno.

—No hay duda de eso —dijo don Quijote—; pero muchas veces ocurre que los que habían alcanzado merecida fama por sus escritos, al darlos a la imprenta, la perdieron del todo o en parte.

—La causa de eso es —dijo Sansón— que, como las obras impresas se miran despacio, se ven fácilmente sus faltas. Todos los hombres famosos son envidiados y criticados.

—Eso no es de extrañar —dijo don Quijote—, pues muchos predicadores no son buenos para el púlpito, y en cambio lo son para conocer las faltas del que predica.

A esta sazón se levantó Sancho y dijo:

—Me voy a casa, señor Sansón, pues mi mujer me aguarda para comer; pero cuando termine volveré.

Y sin esperar respuesta, Sancho se fue a su casa.

Don Quijote rogó al bachiller le hiciera compañía y éste aceptó encantado.

—¿Y qué hay de una segunda parte? —preguntó don Quijote.

—Piensa el autor que la escribirá en cuanto encuentre la historia.

Don Quijote expuso al bachiller su intención de hacer otra salida dentro de tres o cuatro días y le preguntó por dónde podría encaminar sus pasos. El bachiller le contestó que su parecer era que se dirigiesen al reino de Aragón, donde iban a celebrarse unos famosos torneos con motivo de la fiesta de san Jorge, en los cuales podría ganar fama.

Encargó don Quijote al bachiller que le guardase el secreto de la partida para que no alterasen e impidiesen su determinación. El bachiller se lo prometió y se despidió del hidalgo rogándole le contase sus aventuras.

En resumen, aquellos tres días don Quijote y Sancho se proveyeron de todo cuanto les pareció conveniente; y habiendo calmado Sancho a su mujer y don Quijote a su ama y sobrina, al anochecer, sin que les viese nadie más que el bachiller, que quiso acompañarles un rato, se pusieron camino del Toboso.

CAPÍTULO XIII

NUEVA SALIDA
DE DON QUIJOTE

QUEDARON SOLOS DON QUIJOTE Y SANCHO, y apenas se alejó Sansón cuando comenzó *Rocinante* a relinchar y el asno a rebuznar, cosa que los dos, amo y escudero, tuvieron como muy buen presagio y feliz augurio.

Y díjole en este momento don Quijote:

—Si andamos más se nos vendrá la noche encima y tendremos más oscuridad de la que necesitamos para llegar de día al Toboso, adonde he decidido ir para pedir la bendición de la sin par Dulcinea, y estoy seguro así de acometer felizmente cualquier peligrosa aventura.

—Yo así lo creo —repuso Sancho—, pero dudo que vuestra merced pueda verla o hablar con ella, y menos que pueda recibir su bendición, si no se la echa desde las tapias del corral por donde yo la vi por última vez cuando le llevé la carta.

—¿Tapias de corral se te antojaron aquéllas? —replicó don Quijote—. Debían de ser galerías o corredores de ricos y reales palacios.

—Puede que lo fueran, señor don Quijote, pero a mí me parecieron tapias.

—Con todo eso vamos allá, Sancho, que lo que quiero es verla aunque sea por tapias.

Y en estas y semejantes conversaciones se les pasó aquella noche y el día siguiente. Al anochecer del mismo día descubrieron la gran ciudad del Toboso, a cuya vista se le alegró el espíritu a don Quijote y se le entristeció a Sancho, porque no sabía dónde estaba la casa de Dulcinea y temía que su amo averiguase el engaño y la mentira de la respuesta. Por tal motivo le persuadió para aguardar hasta el alba. Así, pues, emboscáronse amo y criado en un encinar cercano y durante la noche Sancho convenció a su señor para que le enviase a buscar a Dulcinea y conseguir de ella una entrevista a solas.

—Yo iré y volveré pronto —dijo Sancho—; y ensanche vuestra merced ese corazón, que lo debe de tener ahora más pequeño que una avellana, y ya sabe que se suele decir que el buen corazón quebranta la mala suerte y que donde menos se piensa salta la liebre.

—Por cierto, Sancho —dijo don Quijote—, que tus refranes vienen siempre a cuento con lo que tratamos.

Dicho esto, Sancho volvió la espalda golpeando a su rucio y don Quijote quedó a caballo, apoyado en los estribos y en la lanza, lleno de tristes pensamientos; donde le dejaremos yéndonos con Sancho Panza, que no iba menos confuso y pensativo que su señor y que, apenas hubo salido del bosque, volvió la cabeza y, no viendo rastro de don Quijote, se apeó del jumento y comenzó a hablar consigo mismo diciendo:

—Sepamos, ahora, Sancho hermano, adónde va vuestra merced. ¿Va a buscar algún jumento que se le haya perdido? No, por cierto. Pues ¿qué va a buscar? Voy a buscar, como quien no dice nada, a una princesa. Y ¿dónde pensáis hallar eso que decís, Sancho? ¿Adónde? En la gran ciudad del Toboso. Y bien: ¿de parte de quién la vais a buscar? De parte del famoso caballero don Quijote de la Mancha. Todo eso está muy bien. Y ¿sabéis su casa, Sancho? Mi amo dice que ha de ser un palacio real o un soberbio alcázar. Y ¿la habéis visto alguna vez, por ventura? Ni mi amo ni yo la hemos visto jamás. Y ¿no os parece que estaría bien que, si los del Toboso supiesen que estáis aquí con intención de ir a intranquilizarles sus damas, viniesen y os moliesen las costillas a palos y no os dejasen hueso sano? Y además, que buscar a Dulcinea por el Toboso será como buscar al bachiller por Salamanca.

Todo este soliloquio tuvo consigo Sancho, y lo que sacó de él fue que volvió a decirse:

—Ahora bien, todas las cosas tienen remedio, excepto la muerte, por la cual todos hemos de pasar al acabar la vida. Este mi amo, por mil señales, está loco de atar y yo tampoco le voy a la zaga porque le sigo y le sirvo.

Con esto, Sancho quedó sosegado y se quedó allí hasta la tarde para que don Quijote creyera que había empleado el tiempo en ir y volver del Toboso; y tan bien sucedió todo que cuando se levantaba para montar en su asno vio que desde el Toboso venían hacia donde él estaba tres labradoras sobre tres pollinos;·y así como Sancho las vio salió a paso tirado a buscar a su señor don Quijote, y le halló suspirando y diciendo mil amorosas lamentaciones.

—¿Traes buenas nuevas, amigo Sancho?

—Tan buenas que no tiene vuestra merced más que picar espuelas a *Rocinante* y salir del bosque a ver a la señora Dulcinea del Toboso que, con otras dos doncellas suyas, viene a ver a vuestra merced.

—Vamos, Sancho hijo —respondió don Quijote—; y en agradecimiento de tan buenas e inesperadas noticias te prometo el mejor botín que gane en la primera aventura que tenga; y si con esto no te contentas, añadiré las crías que me den este año tres yeguas que sabes han quedado en el pueblo.

—Acepto las crías —respondió Sancho—; porque que sea bueno el botín de la primera aventura, no está muy claro.

En esto salieron de la selva y descubrieron cerca a las tres aldeanas. Don Quijote tendió la mirada por todo el camino del Toboso; y como no vio más que a las labradoras preguntó a Sancho si las había dejado fuera de la ciudad.

—¿Cómo fuera de la ciudad? —respondió Sancho—. ¿Por ventura tiene vuestra merced los ojos en el cogote, que no ve que son estas que aquí vienen resplandecientes como el sol del mediodía?

—Yo no veo, Sancho —dijo don Quijote—, más que a tres labradoras sobre tres borricos.

—¡Líbreme Dios del diablo! —respondió Sancho—. ¿Es posible que tres jacas blancas como copos de nieve le parezcan a vuestra merced borricos?

—Pues yo te digo, Sancho amigo —dijo don Quijote—, que es tan verdad que son borricos como que yo soy don Quijote y tú Sancho Panza; al menos, a mí eso me parece.

—Calle, señor —dijo Sancho—; no diga tales palabras, sino que espabile esos ojos y venga a hacer reverencia a la señora de sus pensamientos. No se lo piense más.

Y diciendo esto se adelantó a recibir a las tres aldeanas; y apeándose de su asno, tomó a la borrica de una de las labradoras e, hincando ambas rodillas en el suelo, dijo:

—Reina, princesa y duquesa de la hermosura, sírvase vuestra grandeza recibir de buen grado a este vuestro caballero que allí está convertido en mármol, todo turbado al verse ante vuestra magnificencia. Yo soy Sancho Panza, su escudero, y él es el sin par caballero don Quijote de la Mancha, llamado por otro nombre el Caballero de la Triste Figura.

A todo esto ya se había puesto don Quijote de hinojos y miraba con ojos desencajados a la que Sancho llamaba reina y señora; y como no veía más que a una moza aldeana, y no muy hermosa, porque tenía la cara redonda y era chata, estaba admirado sin desplegar los labios.

Las labradoras estaban también atónitas viendo aquellos hombres, tan diferentes, hincados de rodillas, sin dejarlas pasar adelante; al fin, una de ellas dijo con poca gracia y peor humor:

—Apártense del camino y déjenos pasar que llevamos mucha prisa.

—¡Oh princesa y señora universal del Toboso! ¿Cómo no se enternece vuestro magnánimo corazón viendo arrodillado a vuestra presencia a la columna y sustento de la caballería andante? —dijo Sancho.

—¡Mirad cómo vienen los señoritos ahora a burlarse de las aldeanas! —repuso una de ellas—. Sigan su camino y no nos molesten.

—No prosigas, Sancho. Ya veo que el maligno encantador ha puesto nubes en mis ojos y ha cambiado la hermosura de esta doncella y la ha convertido en una rústica aldeana.

Apartóse Sancho del camino y las aldeanas se marcharon de allí.

Siguiólas don Quijote con la vista; y cuando hubieron desaparecido, volviéndose a Sancho, le dijo abrumado por la tristeza:

—Sancho, ¿qué te parece? ¡Qué mal me quieren los encantadores! Y has de saber, Sancho, que no se contentaron esos traidores con haber transformado a mi Dulcinea en una figura tan baja y tan fea como la de aquella aldeana, sino que además le privaron de algo tan suyo y particular de las señoras de categoría, que es el olor bueno, por andar siempre entre ámbar y entre flores.

—¡Oh canalla! —gritó entonces Sancho—. ¡Oh encantadores malintencionados! ¿Quién pudiera veros a todos ensartados como sardinas? Mucho podéis y mucho más hacéis. Aunque, para decir verdad, yo nunca vi su fealdad, sino su hermosura, que aumentaba gracias a un lunar que tenía sobre el labio derecho.

—Lo creo, amigo —replicó don Quijote—, porque nada en Dulcinea puede dejar de ser perfecto; y si tuviera cien lunares, en ella no serían lunares, sino lunas resplandecientes. Pero dime, Sancho, aquella que a mí me pareció albarda ¿era una silla o era un sillón?

—Era —respondió Sancho— una silla a la jineta, con una cubierta tan rica que por lo menos vale la mitad de un reino.

—Y ¡que no viera yo todo eso, Sancho! —dijo don Quijote—. Ahora vuelvo a decir que soy el más desdichado de los hombres, y lo diré mil veces.

Mucho trabajo tenía el burlón de Sancho en contener la risa, oyendo las tonterías de su amo, tan delicadamente engañado. Finalmente, después de más conversación, subieron ambos a caballo para tomar el camino de Zaragoza, adonde pensaban llegar a tiempo para unas solemnes fiestas que cada año se hacen en dicha ciudad; pero antes de que llegaran les sucedieron muchas y grandes cosas, dignas todas ellas de ser escritas y leídas.

La noche la pasaron don Quijote y su escudero bajo unos altos y umbrosos árboles, y Sancho persuadió a su señor de que comiese algo de lo que llevaba en su asno. Finalmente, Sancho se quedó dormido al pie de un alcornoque, y don Quijote quedó dormitando junto a una encina, pero al poco rato le despertó un ruido que oyó a sus espaldas; se puso a mirar y vio que eran dos hombres a caballo que después de apearse se tendían en la verde hierba.

Don Quijote despertó a su escudero y le dijo:

—Hermano Sancho, aventura tenemos.

—¿Y dónde está esa señora aventura que dice? —repuso Sancho Panza.

—Vuelve los ojos y mira. Ahí verás tendido a un caballero andante.

—Pero ¿en qué halla vuestra merced —dijo Sancho— que sea ésta una aventura?

—No quiero decir —respondió don Quijote— que ésta sea aventura del todo, sino el principio de ella; pues por ahí empiezan las aventuras. Pero escucha, que, por lo que parece, está templando un laúd y se desembaraza del peto, así que debe prepararse para cantar algo.

—En verdad que es así —respondió Sancho—, y que debe de ser un caballero enamorado.

—No hay ningún caballero andante que no lo sea —dijo don Quijote—; y escuchémosle, que por el hilo sacaremos seguramente el ovillo de sus pensamientos.

Sancho quiso replicar a su amo, pero la voz del Caballero del Bosque, no muy mala ni muy buena, se lo impidió; y prestando ambos atención, oyeron que cantaba este soneto:

Dadme, señora, un término que siga
conforme a vuestra voluntad cortado,
que será de la mía así estimado
que por jamás un punto de él desdiga.
Si gustáis que callando mi fatiga
muera, contadme ya por acabado;
si queréis que os la cuente en desusado

modo, haré que el mismo amor la diga.

A prueba de contrarios estoy hecho,
de blanda cera y de diamante duro,
y a las leyes de amor el alma ajusto.

Blando cual es, o fuerte, ofrezco el
[*pecho;*
entallad o imprimid lo que os dé gusto;
que de guardarlo eternamente juro.

Con un ¡ay! arrancado, al parecer, de lo íntimo del corazón dio fin a su canto el Caballero del Bosque, y a poco dijo con voz doliente y lastimada:

—¡Oh la más hermosa y la más ingrata mujer del orbe! ¿Cómo? ¿Que será posible, bellísima Casildea de Vandalia, que consientas que se acabe y se consuma en ásperos y duros trabajos tu rendido y amante caballero? ¿No basta ya el haber hecho que te confiesen por la más hermosa del mundo todos los caballeros de Navarra, todos los leoneses, todos los castellanos y, finalmente, todos los caballeros de la Mancha?

—Eso no —dijo en este momento don Quijote—; porque yo soy de la Mancha y nunca he confesado tal cosa. Pero escuchemos y quizá sabremos algo más.

—Así será —replicó Sancho—, pues parece que lleva intenciones de quejarse durante un mes.

Pero no fue así, porque habiendo oído el Caballero del Bosque que al-

guien hablaba cerca de él, sin seguir con sus lamentaciones, se puso en pie y dijo con voz sonora:

—¿Quién va? ¿Es por ventura de los contentos o de los afligidos?

—De los afligidos —respondió don Quijote.

—Pues acérquese a mí —respondió el del Bosque.

Don Quijote así lo hizo, seguido por Sancho Panza. El caballero tomó a don Quijote por el brazo y le dijo:

—¿Por ventura estáis enamorado?

—Por desventura lo estoy, aunque los daños que vienen de pensamientos bien dirigidos más bien se han de considerar gracias que desdichas.

—Eso es verdad —replicó el del Bosque— si no fuésemos desdeñados por las hermosas.

—Nunca fui desdeñado por mi señora —aclaró don Quijote.

—No por cierto —intervino Sancho—, porque mi señora es como una borrega mansa, más blanda que la manteca.

—¿Es vuestro escudero?

—Sí es.

—Nunca he visto yo escudero —repuso el del Bosque— que se atreva a hablar cuando habla su señor; al menos el mío no ha despegado los labios.

El escudero del del Bosque agarró por el brazo a Sancho y le dijo:

—Vámonos los dos a un sitio donde podamos hablar escuderilmente cuando se nos antoje y dejemos a nuestros amos que discutan lo que les plazca.

—Sea en buena hora —dijo Sancho—, y yo le diré a vuestra merced quién soy.

Con esto se apartaron los dos escuderos entre los cuales tuvo lugar una graciosa conversación en la que se contaron sus cuitas y desvelos en el trabajoso oficio de la caballería andante. Y con todo ello, comiendo y bebiendo sin tasa, de tal modo que les venció el sueño. Y allí los dejaremos a ambos para contar lo que hablaron el caballero del Bosque y el caballero de la Triste Figura.

Dice la historia que el del Bosque dijo a don Quijote:

—Quiero que sepáis que mi destino me llevó a enamorarme de la sin par Casildea de Vandalia. Ella me hizo emprender diversas hazañas de las que salí bien librado. Por fin ahora me ha mandado que vaya por todas las provincias de España y haga confesar a todos los caballeros andantes que ella es la más hermosa de todas cuantas hoy viven y que yo soy el más valiente y enamorado caballero del mundo; pero de lo que más me enorgullezco es de haber vencido en singular batalla a aquel caballero tan famoso, don Quijote de la Mancha, y de haberle hecho confesar que mi Casildea es más hermosa que su Dulcinea.

Admirado quedó don Quijote de oír al Caballero del Bosque y estuvo mil veces a punto de decirle que mentía; y ya tuvo el «mentís» en la punta de la lengua, pero se dominó lo mejor que pudo, por hacerle confesar la mentira por sus propios labios, y así, con mucha tranquilidad, le dijo:

—De que vuestra merced, señor caballero, haya vencido a la mayoría de los caballeros de España, e incluso del mundo, no digo nada; pero que haya vencido a don Quijote de la Mancha, lo pongo en duda; podría tratarse de otro que se le pareciese, aunque hay pocos que se le parezcan.

—¿Cómo que no? —replicó el del Bosque—. Por el cielo que nos cubre que peleé con don Quijote y le vencí y derroté; y es un hombre alto, de rostro seco, estirado de miembros, entrecano, de nariz aguileña y algo curva, y de bigotes grandes, negros y caídos; se le conoce por el Caballero de la Triste Figura y lleva por escudero a un labrador llamado Sancho Panza; conduce un famoso caballo que tiene por nombre *Rocinante* y, finalmente, tiene por señora a una tal Dulcinea del Toboso, llamada en otro tiempo Aldonza Lorenzo, como la mía, que por llamarse Casilda y ser de Andalucía yo la llamo Casildea de Vandalia.

—Calmaos, señor caballero —dijo don Quijote—, y escuchad lo que quiero deciros. Habéis de saber que ese don Quijote que decís es el mayor amigo que tengo en el mundo; y por las señas que me habéis dado, tan puntuales y exactas, he de pensar que es el mismo a quien habéis vencido. Pero, por otra parte, veo claramente que no es posible que se trate del mismo; a no ser que, como él tiene muchos enemigos, no haya tomado uno de ellos su aspecto para dejarse vencer y disminuir así su fama. Y si todo esto no basta os digo que aquí está el propio don Quijote, que mantendrá su afirmación con sus armas a pie o a caballo.

Y diciendo esto, don Quijote se puso en pie y empuñó la espada esperando la respuesta del caballero del Bosque. Éste, con voz tranquila, repuso:

—Al buen pagador no le duelen prendas, y si una vez pude venceros transformado, como decís, puedo esperar hacerlo en persona. Pero ha de ser condición de nuestra batalla que el vencido quede a merced del vencedor y éste podrá hacer de él todo lo que quisiere con tal de que lo que ordene sea propio de los caballeros andantes.

—Estoy más que satisfecho de tal condición —respondió don Quijote de la Mancha.

Y en esto se fueron adonde estaban sus escuderos y los hallaron roncando. Les despertaron y les pusieron en antecedentes de la singular batalla que se preparaba. Sancho quedó un poco compungido, pues temía que su amo saliera descalabrado de tal combate. Y el escudero del caballero del Bosque le decía a Sancho:

—Ha de saber, hermano, que es costumbre que mientras se peleen los señores los escuderos anden también a la greña.

—Nada he oído decir a mi amo de tal costumbre —respondió Sancho— y mi amo se sabe de memoria las ordenanzas de la caballería andante; y prefiero pagar la pena impuesta por no cumplirla que gastarlo en vendas para mi cabeza, que me costarán más aún; aparte de no tener espada, pues en mi vida me la puse.

—A pesar de todo —replicó el del Bosque—, hemos de pelear al menos media hora.

—Eso no —respondió Sancho—; no seré yo tan descortés ni desagradecido que tenga cuestión alguna con quien he comido y bebido; aparte de que ¿por qué hemos de reñir si no estamos enojados?

—Eso ya lo arreglaré —dijo el del Bosque—, pues, antes de comenzar la pelea, me acercaré a vuestra merced y le daré tres o cuatro bofetadas hasta tirarlo al suelo, con las cuales le haré despertar la cólera aunque esté más dormida que un lirón.

—Contra ese remedio sé yo otro —respondió Sancho— aún mejor. Tomaré yo un garrote, y antes de que vuestra merced me haga despertar la cólera haré yo dormir a garrotazos la suya; y así desde ahora hago a vuestra merced responsable, señor escudero, de todo el mal y daño que resulte de nuestra pelea.

—Está bien —dijo el del Bosque—; amanecerá y entonces será lo que Dios quiera.

Apenas la claridad del día permitió distinguir las cosas cuando la primera que apareció ante los ojos de Sancho Panza fue la nariz del escudero del Bosque, que era tan grande que daba sombra a casi todo el cuerpo. Era curva en la mitad y toda llena de verrugas de color berenjena y le llegaba más abajo de la boca. Tan horrible era que Sancho, al verla, se propuso en su interior dejarse dar doscientas bofetadas antes que despertar la cólera para reñir con tal monstruo. Don Quijote miró a su adversario y halló que llevaba puesta la celada de modo que no pudo ver su rostro. Nuestro caballero dedujo que su contrincante debía ser hombre de mucha fuerza. Sin embargo no tuvo miedo y así dijo al caballero de los Espejos:

—Os pido, caballero, que levantéis un poco la visera para que pueda ver vuestro rostro.

—Tiempo os quedará de verlo tanto si sois vencedor como vencido. ¿No os parece?

Con esto subieron a caballo y el de los Espejos le volvió a recordar al hidalgo manchego la condición de la batalla, es decir, que el vencido quedara a disposición del vencedor.

Ofreciéronse en este momento a la vista de don Quijote las extrañas narices del escudero y no se admiró menos de verlas que Sancho. Éste, que vio partir a su amo para tomar carrera, no quiso quedarse solo con el narigudo, y se fue tras su amo, agarrado a una correa de *Rocinante*, y cuando le pareció que se disponía a volver, le dijo:

—Suplico a vuestra merced, señor mío, que antes de dirigirse a pelear me ayude a subir a aquel alcornoque, desde donde podré ver a gusto el encuentro de vuestra merced con ese caballero.

—Más bien creo, Sancho —dijo don Quijote—, que tú quieres ver los toros desde la barrera sin peligro.

—Si he de decir la verdad —respondió Sancho—, las tremendas narices de aquel escudero me tienen atónito y lleno de espanto, y no me atrevo a estar junto a él.

—Realmente, son tan grandes —dijo don Quijote— que, de no ser yo quien soy, también me asombraría; y así, ven, que te ayudaré a subir adonde dices.

Mientras don Quijote se entretuvo para ayudar a Sancho a subir al árbol, el de los Espejos llegó al punto en que le pareció haberse alejado lo suficiente; y, creyendo que don Quijote haría lo mismo, sin esperar trompeta ni señal alguna, dio media vuelta y se dirigió al encuentro de su enemigo a todo correr de su caballo, que no era mucho mejor que *Rocinante*. Pero don Quijote, a quien le pareció que su enemigo venía volando, clavó las espuelas en los ijares de *Rocinante* de tal manera que, según cuenta la historia, fue la única vez que corrió, porque todas las demás se limitó a un trote declarado; y con esta terrible furia llegó adonde estaba el de los Espejos, que trataba en vano de espolear a su caballo sin poderse mover ni un dedo del lugar donde se hallaba detenido. En este instante llegó don Quijote y halló a su contrincante embarazado con el caballo y ocupado con la lanza, que no tuvo tiempo de poner en ristre. Don Quijote, que no miraba estos inconvenientes, sin peligro alguno, arremetió al de los Espejos con tanta fuerza que, mal de su grado, le hizo caer en tierra, donde quedó sin mover pie ni mano y dando señales de estar muerto.

Apenas le vio Sancho cuando se deslizó del alcornoque y vino corriendo adonde estaba su señor. Éste se apeó de *Rocinante* y se acercó al vencido, le quitó el yelmo y quedó asombrado al ver que el caballero de los Espejos era nada menos que el bachiller Sansón Carrasco. Iba ya nuestro manchego a usar la espada cuando llegó corriendo el escudero del de los Espejos, sin las narices que tanto le afeaban, el cual advirtió a Sancho y a don Quijote que no le hiciesen daño, pues el vencido era el bachiller su compadre. Pero don Quijote no lo acababa de creer, siempre pensando que aquellas transformaciones eran obra de sus enemigos, los magos y encantadores.

Sancho había reconocido ahora en el escudero a Tomé Cecial, su vecino y compadre.

En esto volvió en sí el de los Espejos, y don Quijote le puso la punta de su espada sobre el rostro y le dijo:

—Muerto sois si no confesáis que Dulcinea aventaja en hermosura a vuestra Casildea. Debéis prometerme además ir al Toboso y presentaros a mi dama para que ordene lo que a bien le pareciere.

—Lo confieso y acepto todo cuanto decís.

—Además habéis de confesar —añadió don Quijote— que aquel caballero que vencisteis no pudo ser don Quijote de la Mancha, y que vos, aunque parecéis el bachiller Sansón, no lo sois en realidad, pues todo es obra de encantamiento.

—Todo lo confieso punto por punto —respondió el molido caballero—; y ahora dejadme levantar, os lo ruego.

Ayudáronle don Quijote y Sancho, y marcharon el de los Espejos y su criado, mientras el hidalgo y el escudero proseguían su camino hacia Zaragoza, donde los dejaremos para explicar quiénes eran el vencido caballero y su narigudo sirviente.

Cuenta la historia que cuando el bachiller persuadió a don Quijote para que prosiguiese sus caballerías fue porque ya había hablado antes con el cura y el barbero para buscar un medio con el cual don Quijote se estuviera tranquilo en su casa. Se decidió dejar salir a don Quijote y que el bachiller le saliese al encuentro como caballero andante, le venciese y le obligase a volver a su aldea y no saliese de ella en dos años. Pudiera ser que en este tiempo se hallara remedio a su locura.

Sansón Carrasco emprendió la aventura y solicitó el concurso de Tomé Cecial, compadre y vecino de Sancho, que se colocó aquellas enormes narices para no ser reconocido.

Fracasados en su empeño, Sansón y Cecial volvieron al pueblo y lo primero que hizo el bachiller fue solicitar el concurso de un médico, mientras seguía pensando en el desquite contra aquel loco de don Quijote.

CAPÍTULO XIV

DE LAS COSAS QUE LE SUCEDIERON A DON QUIJOTE CAMINO DE ZARAGOZA

SIGUIERON DON QUIJOTE Y SANCHO camino hacia Zaragoza, y a poco de separarse del de los Espejos hallaron a un caballero manchego montado en una yegua, vestido con un gabán verde, que les saludó muy cortésmente y luego prosiguió el camino en su compañía. Dijo llamarse Diego de Miranda y ser natural de la Mancha. Don Quijote se presentó a su vez y al cabo de un rato el del verde gabán se dio cuenta del estado mental del caballero.

De pronto, don Quijote pidió a Sancho que le diera la celada que éste llevaba en la mano, pues se avecinaba una gran aventura que le daría fama en todo el orbe. El del Verde Gabán tendió la vista por todas partes y no descubrió otra cosa que un carro que llevaba mercancías de Su Majestad, y así se lo dijo a don Quijote; pero él no le dio crédito, pensando que todo lo que le sucediese habían de ser aventuras y así respondió al hidalgo:

—No se pierde nada en que yo me prepare, porque sé por experiencia que tengo enemigos visibles e invisibles y no sé cuándo, ni dónde, ni en qué tiempo, ni en qué figura me han de acometer.

Y volviéndose a Sancho le pidió la celada, y el escudero se vio obligado a dársela como estaba. Tomóla don Quijote y, sin mirar lo que había dentro, se la puso en la cabeza; y como los requesones se apretaron y exprimieron, comenzo a correr el suero por el rostro y las barbas de don Quijote, por lo que recibió tal susto que dijo a Sancho:

—¿Qué será esto, Sancho, que parece que se me ablanda el cerebro o se me derriten los sesos o que sudo de pies a cabeza? Creo que es una terrible aventura la que va a sucederme. Dame algo para limpiarme, que tanto sudor me ciega los ojos.

Calló Sancho y diole un paño, dando también gracias a Dios de que su señor no hubiera caído en la cuenta del caso. Limpióse don Quijote y quitóse la celada para ver qué era lo que, en su opinión, le enfriaba la cabeza; y viendo aquella pasta blanda dentro de la celada, se la acercó a la nariz y, oliéndola, dijo:

—¡Por vida de mi señora Dulcinea del Toboso, que son requesones lo que aquí me has puesto, traidor y bergante escudero!

A lo que respondió Sancho con gran calma y disimulo:

—Si son requesones, démelos vuestra merced, que yo me los comeré. Por lo que parece, también yo debo de tener encantadores que me persiguen como a miembro de vuestra merced. Pero a fe que su esfuerzo ha sido en vano, pues yo confío en que la inteligencia de mi señor le hará ver que yo no tengo requesones, ni leche, ni nada parecido, y que si lo tuviera antes lo pondría en el estómago que en la celada.

—Todo puede ser —dijo don Quijote.

Y después de haberse limpiado el rostro, las barbas y la celada, se la puso y, habiéndose apoyado bien en los estribos, tomó la espada y la lanza y dijo:

—Ahora venga lo que sea, que estoy con ánimos de batirme con el propio Satanás en persona.

En esto llegó el carro de las banderas, en el cual iban el carretero en las mulas y un hombre sentado en la delantera.

Preguntó don Quijote con voz serena:

—¿Qué carro es éste? ¿Qué lleváis en él?

—El carro es mío —respondió el carretero— y lo que va en él son dos bravos leones enjaulados que el general de Orán envía a Su Majestad. Yo soy el leonero y os diré que estos animales no han comido nada en todo el día. Así que déjeme proseguir el camino.

—No me espantan a mí los leones. Así que abrid esas jaulas que ahora sabréis quién es don Quijote de la Mancha.

En esto, Sancho se acercó al del Verde Gabán y le pidió que interviniera para que su amo no acometiese semejante aventura. El del Verde Gabán, asombrado por la extraña locura de don Quijote, habló con éste:

—Bien está que vuestra merced acometa aventuras que redunden en gloria suya, pero estos leones nada mal le han hecho; son un regalo a Su Majestad y no estaría bien detenerlos ni impedir su viaje.

—Váyase vuestra merced, señor hidalgo —respondió don Quijote—, y deje a cada cual hacer su oficio.

Y volviéndose al leonero, le dijo:

—¡Voto a tal, bellaco, que si no abrís en seguida las jaulas os he de coser al carro con esta lanza!

El carretero, que vio la decisión de aquel fantasma armado, le dijo:

—Señor mío, ruego a vuestra merced que me permita retirar las mulas y ponerme a salvo con ellas antes de que salgan los leones, porque si me las matan, quedaré rematado para toda mi vida, pues no poseo nada más que este carro y estas mulas.

—¡Oh hombre de poca fe! —respondió don Quijote—. Baja y quita esas mulas o haz lo que quieras, pues pronto verás que trabajaste en vano y te pudiste ahorrar tanta molestia.

Apeóse el carretero y retiró las caballerías con gran prisa, y el leonero dijo a grandes voces:

—Que sean testigos todos los que están aquí de que abro las jaulas y suelto a los leones contra mi voluntad; y de que advierto a este señor de que todo el mal y daño que estas bestias hicieren corra por su cuenta. Vuestras mercedes, señores, se pongan a salvo antes de que abra, pues yo estoy seguro de que a mí no me han de hacer daño.

Otra vez le aconsejó el hidalgo que no hiciese semejante locura, que era un disparate; pero don Quijote le respondió que él ya sabía lo que se hacía.

Respondióle el hidalgo que a él le parecía que se equivocaba de medio a medio.

—Ahora, señor —replicóle don Quijote—, si vuestra merced no quiere ser testigo de esta que, a su parecer, ha de ser tragedia, póngase pronto a salvo.

Sancho, oyendo esto, le suplicó con lágrimas en los ojos que desistiese de tal empresa.

—El miedo, al menos —respondió don Quijote—, te la hará parecer como medio mundo. Retírate, Sancho, y déjame; y si yo muriere, ya sabes lo que has de hacer: acudirás a Dulcinea... y no te digo más.

Con estas y otras palabras quitóle la esperanza de que no prosiguiese con su intento. El del Verde Gabán desistió pues de convencer a aquel loco y junto con Sancho se alejó del carro mientras el leonero, con todo el dolor de su corazón, abría la jaula.

Don Quijote saltó del caballo, tomó el escudo y desenvainó la espada, y se fue a poner delante del carro encomendándose a Dios y luego a su señora Dulcinea.

Lo primero que hizo uno de los leones al ver la jaula abierta, fue revolverse, tender la garra y desperezarse; luego abrió la boca y bostezó; hecho esto sacó la cabeza fuera de la jaula y miró a todas partes. Don Quijote le miraba atentamente deseando que saltase del carro. Pero el generoso león volvió la espalda a don Quijote y volvió a echarse en la jaula. El hidalgo quería que el leonero le diese palos para echarle afuera, pero éste se negó.

—Si le irrito —dijo—, al primero que hará pedazos será a mí. Es mejor que vuestra merced, señor caballero, se contente con lo hecho, que ya es el colmo de la valentía, y no quiera probar suerte por segunda vez. Ya está probada la grandeza de ánimo de vuestra merced; y si el contrincante no acude, él se queda con la infamia de la derrota y el que espera gana la corona de la victoria.

—Así es verdad —respondió don Quijote—; cierra, amigo, la puerta y atestigua como mejor pudieres lo que aquí me has visto hacer.

Hízolo así el leonero y don Quijote, poniendo en la punta de la lanza el lienzo con que se había limpiado el rostro de requesón, comenzó a hacer señas y a llamar a los que no cesaban de huir ni de volver la cabeza continuamente, precedidos por el hidalgo. Viendo Sancho la señal, dijo:

—Que me maten si mi señor no ha vencido a esas fieras bestias, pues nos llama.

Detuviéronse todos y vieron las señas y, perdiendo una buena parte del miedo, se fueron acercando despacio hasta que oyeron con claridad los gritos de don Quijote.

Volvieron, pues, al carro, y al llegar don Quijote dijo al carretero:

—Volved, hermano, a poner vuestras mulas y a seguir vuestro viaje; y tú, Sancho, dale dos escudos de oro a él y al leonero como recompensa por lo que se han detenido.

—De muy buena gana —respondió Sancho—. Pero ¿qué se ha hecho de los leones? ¿Están muertos o vivos?

Entonces el leonero contó despacio lo sucedido, exagerando cuanto pudo el valor de don Quijote, ante cuya vista el león no se atrevió a salir.

—¿Qué te parece, Sancho? —dijo don Quijote—. Los encantadores podrán quitarme la suerte, pero nunca mi ánimo ni mi valentía.

Dio Sancho los escudos, agradeciéronlo mucho los del carro y siguieron su camino, mientras don Quijote y Sancho proseguían el suyo.

Poco se había alejado don Quijote de don Diego cuando se encontró con dos que parecían clérigos o estudiantes, acompañados de otros dos labradores. Saludóles don Quijote y como llevaban el mismo camino les ofreció su compañía. Nuestro hidalgo explicó quién era y lo que hacía, y mientras los labriegos le escuchaban sin entenderle, los estudiantes comprendieron al punto la debilidad de cerebro de don Quijote. Sin embargo le miraban con admiración y respeto y uno de ellos le dijo:

—Si vuestra merced, señor caballero, no lleva un camino fijo, como no suelen llevarlo los que buscan aventuras, véngase con nosotros; verá una de las mejores y más ricas bodas que hasta hoy se han celebrado en la Mancha.

Preguntóle don Quijote si eran de algún príncipe.

—Sólo son —respondió el estudiante— de un labrador y una labradora. Él es el más rico de toda esta tierra y ella la más hermosa que han visto los hombres; ella tiene dieciocho años y él veintidós, y ambos están hechos el uno para el otro, aunque algunos dicen que la familia y ascendencia de la hermosa Quiteria aventaja a la de Camacho; pero ya no se mira esto, pues la riqueza es capaz de acortar muchas distancias. El tal Camacho es muy generoso y se le ha antojado cubrir y enramar todo el prado por arriba. Pero lo más memorable de esta boda será la presencia del despechado Basilio. Este Basilio es un zagal del mismo lugar de Quiteria y vecino de su misma casa, que se enamoró de Quiteria desde sus primeros años, y ella le correspondía, de manera que los amores de los dos niños se comentaban por el pueblo. Crecieron ambos y el padre de Quiteria decidió cortar la amistad de su hija con Basilio y casarla con el rico Camacho, pues no le pareció bien su vecino, que no tenía tantos bienes de fortuna como de naturaleza; pues, en verdad, es el mancebo más ágil que conocemos, magnífico luchador y gran jugador de pelota; corre como un gamo, salta como una cabra, canta como un ruiseñor y toca una guitarra que la hace hablar y, sobre todo, maneja la espada como el mejor.

—Sólo por eso —dijo entonces don Quijote— merecía ese muchacho no sólo casarse con la hermosa Quiteria, sino con la propia reina Ginebra.

A lo que respondió el estudiante con estas palabras:

—Sólo me queda por decir que, desde el momento en que Basilio supo que la hermosa Quiteria se casaba con Camacho el rico, nunca más le han visto reír ni hablar con cordura; y siempre anda pensativo y triste hablando consigo mismo, lo que hace suponer que ha perdido el juicio. En fin, que todos tememos que el «sí» que mañana dará Quiteria va a ser su sentencia de muerte.

—Dios lo hará mejor —dijo Sancho—; que Dios que da la llaga da la medicina; nadie sabe lo que está por venir; de aquí a mañana hay muchas horas y en una, o en un momento, se le cae la casa; y yo he visto llover y hacer sol al mismo tiempo, y hay quien se acuesta sano por la noche y no se puede mover al día siguiente. Y ¿habrá alguien que pueda decir que tiene clavado un clavo en la rueda de la fortuna?

—¿Adónde vas a parar, Sancho maldito —dijo don Quijote—, que cuando empiezas a soltar refranes no te puede entender sino el mismo Judas? Dime, animal, ¿qué sabes tú de clavos ni de ruedas ni nada parecido?

—¡Oh! Pues si no me entienden —respondió Sancho— no es de extrañar que tomen mis frases por disparates; pero no importa, yo sí me entiendo y sé que no he dicho muchas necedades en lo que he dicho; sino que vuestra merced, señor mío, siempre se pone a juzgar mis dichos, y aun mis hechos, como un friscal.

—Fiscal has de decir —dijo don Quijote—, que no friscal. No estropees el buen lenguaje.

Ya había anochecido; pero antes de que llegasen les pareció a todos que había delante del pueblo un cielo lleno de resplandecientes estrellas. Oyeron asimismo suaves sonidos de diversos instrumentos. Los músicos andaban en cuadrillas por aquel agradable lugar, unos bailando, otros cantando y otros tocando los varios instrumentos. Otros muchos andaban ocupados en levantar andamios desde donde se pudiesen ver al día siguiente las representaciones y danzas que se habían de hacer en aquel lugar para solemnizar las bodas del rico Camacho y los funerales de Basilio. No quiso entrar don Quijote, aunque se lo pidieron los demás, sino que dio como disculpa que era costumbre entre los caballeros andantes dormir en los campos y no en los poblados, y con esto se apartó un poco del camino, aun contra la voluntad de Sancho, que de todos modos le siguió sumiso.

Apenas empezó a amanecer, don Quijote llamó a Sancho para que en su compañía fueran a ver los desposorios. Se acercaron y lo primero que vio Sancho fue un novillo entero, colocado en un enorme asador, y alrededor de la hoguera había seis ollas que no se habían hecho con un molde corriente, pues en cada una de ellas cabía un matadero de carne, de manera que había dentro de ellas carneros enteros, como si fuesen palominos; las liebres despellejadas y las gallinas sin plumas colgadas de los árboles y preparadas para ir a parar a las ollas no tenían número; los pájaros y caza de diversas clases eran infinitos, colgados de los árboles para que el aire los enfriase.

Contó Sancho más de sesenta tinajas de más de dos arrobas cada una, todas llenas de vinos generosos; había montones de pan blanquísimo, y dos gigantescas calderas de aceite servían para freír cosas de masa. Los cocineros y cocineras pasaban de cincuenta, todos limpios, diligentes y contentos.

Todo lo miraba Sancho y todo lo contemplaba absorto. Primero le cautivaron las ollas, de las cuales hubiese tomado de buena gana un puchero mediano; luego las tinajas, y por último las frutas de sartén, y así, sin poderlo resistir ni serle posible hacer otra cosa, se acercó a uno de los solícitos cocineros y con corteses palabras le rogó que le permitiese mojar un pedazo de pan en una de aquellas ollas.

A lo que el cocinero respondió:

—Hermano, este día no es de aquellos en que impere el hambre, gracias al rico Camacho; apeaos y mirad si hay por ahí un cucharón y sacad una gallina o dos, y que buen provecho os haga.

—No veo ninguno —respondió Sancho.

—Esperad —dijo el cocinero—. ¡Pecador de mí, y qué melindroso debéis de ser!

Y diciendo esto tomó un caldero y lo sumergió en una de aquellas enormes ollas, sacando de ella tres gallinas y un ganso, y dijo a Sancho:

—Comed, amigo, y desayunaos con esta espuma, mientras llega la hora de comer.

—No tengo dónde echarla —respondió Sancho.

—Pues llevaos —dijo el cocinero— la cuchara y todo; que la riqueza y el contento de Camacho todo lo arregla en esta vida.

Mientras que esto pasaba estaba don Quijote mirando cómo por una parte de la enramada entraban doce labradores sobre doce hermosísimas yeguas, adornadas con muchos cascabeles, y todos ellos vestidos de fiesta; los cuales, en ordenada tropa, corrían por el prado una y otra vez con gritos, bullicio y algazara, diciendo a grandes voces:

—¡Vivan Camacho y Quiteria; él tan rico como ella hermosa, y ella la más hermosa del mundo!

Oyendo esto, don Quijote dijo para sus adentros:

—Bien parece que éstos no han visto a mi Dulcinea del Toboso; porque si la hubieran visto no prodigarían tantas alabanzas a su Quiteria.

De allí a poco comenzaron a entrar por distintas partes de la enramada muchos grupos de diferentes danzas, entre las cuales venía una de espadas formada por veinticuatro zagales muy gallardos y briosos, todos vestidos con delgado y blanquísimo lienzo, con sus paños de tocar labrados de varios colores de fina seda.

En esto se oyeron grandes voces y ruido. Eran los acompañantes de los novios a los que seguían el cura y los parientes de ambos.

En cuanto vio a la novia, Sancho quedó admirado de su rica vestimenta, así como de los collares y anillos que llevaba. Por su parte también don Quijote admiró a la novia y dijo que aparte de su señora Dulcinea no había visto jamás mujer más hermosa.

Se iban acercando todos al lugar donde se habían de celebrar los desposorios, y en el momento que llegaban oyeron a sus espaldas grandes voces, entre las cuales sobresalía una que decía:

—Esperad un poco, gente tan desconsiderada como presurosa.

Al llegar más cerca todos reconocieron en él al gallardo Basilio, y se detuvieron suspensos esperando ver en qué paraban sus gritos y sus palabras. Llegó por fin, cansado y sin aliento, y poniéndose ante los desposados, clavando el bastón en el suelo, pálido y con los ojos clavados en Quiteria, dijo estas palabras:

—Bien sabes, Quiteria, que queriéndome a mí no deberías tomar esposo; pero tú, olvidando tus promesas, estás dispuesta a casarte con otro a quien sus riquezas sirven no sólo de buena fortuna, sino de mejor ventura; y para que ésta sea completa yo, con mis manos, suprimiré los obstáculos quitándome a mí mismo de en medio. ¡Viva, viva el rico Camacho con la ingrata Quiteria largos y felices años; y muera el pobre Basilio, cuya pobreza le privó de la dicha y le llevó a la sepultura!

Y diciendo esto tiró del bastón que tenía clavado en el suelo y, dejando la mitad del mismo en tierra, se vio que servía de vaina a una espada que se ocultaba en él, y clavando la empuñadura en ella en el suelo, se arrojó sobre ella y en un instante apareció en su espalda la punta ensangrentada de la acerada cuchilla, quedando el triste Basilio bañado en su sangre y tendido en el suelo traspasado de sus mismas armas.

Al punto acudieron sus amigos para prestarle ayuda, dolidos de su mísera desgracia; y don Quijote, soltando a *Rocinante*, acudió a sostenerle y le tomó en sus brazos, viendo que aún no había expirado. Quisieron sacarle la espada; pero el cura, que estaba presente, dijo que no se la sacasen antes de confesarle, pues si se la quitaban moriría.

Volviendo un poco en sí, Basilio dijo con voz doliente y desmayada:

—Si quisieses, cruel Quiteria darme en este último trance la mano de esposa, aún pensaría que tengo disculpa, pues así alcanzaría la dicha de ser tuyo.

El cura, oyendo aquello, le dijo que atendiese a la salud de su alma antes que a sus deseos y que pidiese muy de veras perdón a Dios por sus pecados y por su desesperado acto. A lo cual replicó Basilio que no se confesaría en modo alguno, si antes Quiteria no se desposaba con él; pues tal felicidad le daría ánimos para confesarse.

Don Quijote afirmó que lo que pedía Basilio era una cosa justa y que el señor Camacho debía consentir. Por fin, después de muchas dudas consintió el novio y la hermosa Quiteria se acercó donde estaba Basilio, el cual parecía estar en sus últimos momentos y no cesaba de implorar que se le permitiese unirse a Quiteria, pero sin engaño, voluntariamente, y sin que se le forzase su voluntad.

Quiteria, muy honesta y vergonzosa, tomó con su mano derecha la de Basilio y le dijo:

—Ninguna fuerza sería suficiente para torcer mi voluntad; y así, libremente, te doy mi mano como legítima esposa y recibo la tuya, si es que me la das voluntariamente.

—Sí doy —respondió Basilio—, con todo el entendimiento que me dio el cielo, y me entrego por tu esposo. Ésta es mi voluntad.

—Y yo por tu esposa —respondió Quiteria—, tanto si vives largos años como si te llevan hoy a la sepultura.

—Para estar tan herido, este mancebo —dijo en este instante Sancho Panza— habla mucho; hagan que se deje de discursos y atienda a su alma.

Estando, pues, cogidos de las manos Basilio y Quiteria, el cura, emocionado y lloroso, les dio la bendición, rogando al cielo por el alma del nuevo desposado…, el cual, en cuanto recibió la bendición, se puso en pie de un salto y con increíble ligereza se sacó la espada que tenía clavada en su cuerpo. Quedaron todos los circunstantes boquiabiertos y algunos de ellos, más simples que curiosos, comenzaron a dar gritos diciendo:

—¡Milagro! ¡Milagro!

Pero Basilio replicó:

—No milagro, milagro, sino astucia, astucia.

El cura, asombrado y atónito, acudió a tocar la herida con sus propias manos, y vio entonces que la cuchilla no había pasado por la carne y las costillas de Basilio, sino por un tubo hueco de hierro, que llevaba en aquel lugar lleno de sangre preparada de forma que no se secase. Por fin el cura y Camacho, junto con los demás circunstantes, se dieron cuenta de que habían sido burlados. La esposa no dio muestras de enojo por la burla, sino que, al oír decir que aquel casamiento no era válido por ser engañoso, afirmó que ella lo confirmaba de nuevo, de lo que dedujeron todos que aquel plan se había trazado con el consentimiento de ambos, por lo cual quedaron Camacho y sus amigos tan avergonzados que decidieron vengarse con las manos, y desenvainando muchas espadas arremetieron contra Basilio, en favor del cual se desenvainaron inmediatamente otras tantas; y tomando la delantera a caballo don Quijote, con la lanza sobre el brazo y bien cubierto con su escudo, se puso en medio de todos.

Don Quijote, a grandes voces, decía:

—Calmaos, señores, calmaos; que no está bien que toméis venganza de las ofensas que el amor nos hace, y pensad que el amor y la guerra son cosas semejantes, y así como en la guerra es lícito usar cualquier ardid y estratagema para vencer al enemigo, así también en las contiendas amorosas se permiten todos los embustes que se hacen para conseguir el fin que se desea. Quiteria era de Basilio y Basilio de Quiteria por disposición del cielo. Camacho es rico y podrá casarse a su gusto cuando y como quiera. Y a los dos que Dios junta no los podrá separar el hombre y el que lo intente pasará primero por la punta de esta lanza.

Y diciendo esto la blandió tan fuerte que causó pánico en todos los que no le conocían. Y tan fuertemente sintió Camacho el desdén de Quiteria, que ésta se borró de su memoria en un instante, y por esto y por las persuasiones del cura se apaciguaron Camacho y los suyos y volvieron las espadas a sus vainas, culpando más a Quiteria que a Basilio.

Sosegáronse entonces los de Basilio; y el rico Camacho, para demostrar que no estaba ofendido, quiso que las fiestas continuaran igual, pero no quisieron asistir a ellas Basilio, su esposa y sus amigos y decidieron marcharse a la aldea de Basilio. Lleváronse consigo a don Quijote, considerándolo hombre de gran valor, y sólo a Sancho se le llenó el alma de tristeza por no poder aguardar la espléndida comida y fiestas de Camacho. Y así, triste y pensativo, aunque sin hambre, gracias a la espléndida espuma ya casi consumida, sin apearse de su asno, siguió las huellas de *Rocinante*.

Muchos y grandes fueron los regalos que los desposados hicieron a don Quijote en agradecimiento por haber defendido su causa con tanto valor. El buen Sancho pasó tres días magníficos a costa de los novios, y en el transcurso de los cuales se supo que la fingida muerte de Basilio no se hizo con la complicidad de Quiteria, sino sólo preparada por él, aunque algunos de sus amigos estaban enterados.

Pasados los tres días, don Quijote

pidió a uno de los que allí estaban le mostrase la ruta para ir a la famosa cueva de Montesinos. El hombre le respondió que le daría como guía a un primo suyo, que conocía muy bien todo el lugar y que le enseñaría las lagunas de Ruidera.

Llegó el primo con una pollina recubierta de una funda de vistosos colores. Sancho ensilló a *Rocinante* y preparó el rucio, llenando sus alforjas junto con las del primo, también bien provistas; y encomendándose a Dios y despidiéndose de todos se pusieron en camino hacia la famosa cueva de Montesinos.

En el camino preguntó don Quijote al primo acerca de su profesión, a lo cual respondió éste con un largo discurso acerca de sus libros, que trataban de temas a cual más absurdo.

En estas conversaciones y otras parecidas se les pasó aquel día, y por la noche durmieron en una pequeña aldea desde la cual, según dijo el primo, no había hasta la cueva más que dos leguas; añadió que si pensaba entrar en ella tendría que proveerse de sogas para atarse y descolgarse hasta su profundidad. Don Quijote dijo que, aunque llegase al abismo, había de ver dónde acababa, y así compraron casi cien brazas de soga; y al otro día, a las dos de la tarde, llegaron a la cueva, cuya boca es espaciosa y ancha pero llena de arbustos y ramas espinosas, de zarzas y malezas, tan espesas que la cubren y ciegan por completo.

Al verla se apearon el primo, Sancho y don Quijote, al cual los dos ataron muy fuerte con las cuerdas, mientras el escudero le advertía de su insensata aventura y el guía por su parte le aconsejaba que lo observara todo bien.

Don Quijote se acercó a la sima y echando mano a la espada comenzó a derribar y a cortar las malezas que había a la boca de la cueva, a cuyo ruido salieron de ella una infinidad de cuervos que arrojaron a don Quijote al suelo. No se amilanó nuestro héroe, y dándole cuerda el primo y Sancho se dejó caer al fondo de la espantosa caverna, y Sancho, haciendo sobre él mil cruces, dijo:

—Dios te guíe y la Peña de Francia, junto con la Trinidad de Gaeta, flor y nata de los caballeros andantes. Allá vas, corazón de acero, brazos de bronce.

Casi las mismas plegarias hizo el primo.

Iba don Quijote dando voces para que le diesen soga y más soga, y ellos se la daban poco a poco; y cuando las voces que salían de la cueva dejaron de oírse, ya tenían ellos descolgadas las cien brazas de soga. Fueron de la opinión de volver a subir a don Quijote, pues ya no le podían dar más cuerda. A pesar de todo, estuvieron casi una hora, al cabo de la cual volvieron a recoger la soga con mucha facilidad y sin peso alguno, por lo que comprendieron que don Quijote se quedaba dentro; y Sancho, creyéndolo así, lloraba amargamente y tiraba muy de prisa para desengañarse; pero cuando llegaron, a su parecer, a algo más de las ochenta brazas, sintieron peso, de lo que se alegraron mucho. Finalmente, a las diez, vieron claramente a don Quijote, a quien dio voces Sancho diciendo:

—Sea vuestra merced muy bien vuelto, señor mío; que ya pensábamos que se quedaba allá para siempre.

Pero no respondía palabra don Quijote; y, sacándole del todo, vieron que tenía los ojos cerrados, dando muestras de estar dormido.

Tendiéronle en el suelo y le desataron; mas, a pesar de todo, no despertaba. Pero tanto le revolvieron, sacudieron y menearon, que al cabo de un buen rato volvió en sí desperezándose, como si despertara de algún grave y profundo sueño; y mirando a todos lados como espantado, dijo:

—Dios os perdone, amigos; que me habéis quitado la más agradable vida y vista que ningún ser humano ha visto ni ha pasado. ¡Oh desdichado Montesinos! ¡Oh malherido Durandarte! ¡Oh lloroso Guadiana, y vosotras, desdichadas hijas de Ruidera, que mostráis en vuestras aguas lo que lloran vuestros hermosos ojos...!

Con gran atención escuchaban el primo y Sancho las palabras que don Quijote decía como si un dolor inmenso se las sacara de las entrañas. Suplicáronle que les explicase lo que decía y les dijese lo que en aquel infierno había visto.

—¿Infierno le llamáis? —dijo don Quijote—. Pues no le llaméis así, porque no lo merece, como ya veréis por lo que luego os contaré.

Pidió que le diesen algo de comer, pues traía muchísima hambre. Tendieron la arpillera del primo sobre la verde hierba, acudieron a sus alforjas y, sentados los tres, en buen amor y compañía, merendaron y cenaron todo de una vez.

Cuando concluyeron, don Quijote se puso en pie y relató lo que había visto en el interior de la cueva. Habló del anciano Montesinos, que, según la leyenda, había arrancado el corazón de su primo Durandarte, una vez muerto éste y siguiendo sus deseos, para llevarlo a manos de su enamorada Belerma. Dijo don Quijote que los tres personajes, junto con su séquito y sus servidores, se hallaban en el interior de la sima viviendo en un suntuoso alcázar, encantados por el sabio Merlín, y que le habían relatado su historia para que él la diese a conocer a todo el mundo.

En esto vieron que hacia donde ellos estaban venía un hombre a pie, muy de prisa y dando bastonazos a un macho que venía cargado de lanzas y alabardas. Saludó y pasó de largo, pero don Quijote le obligó a detenerse. El hombre les respondió que iba a la venta y que allí podría enseñarles las maravillas que traía. El hombre se alejó y don Quijote, Sancho y el primo fueron siguiendo su ruta, decidido el hidalgo a pernoctar en la venta y ver de cerca aquellas maravillas que tanto ponderaba el caminante. Pero antes llegaron a una ermita e hicieron un alto. Sancho pidió vino del bueno y el ermitaño respondió que no lo tenía, pero que si quería agua barata, se la daría de muy buena gana.

—Si yo tuviera sed de agua —respondió Sancho—, pozos hay en el camino, donde la hubiera satisfecho.

Con esto dejaron la ermita y siguieron hacia la venta; y al poco rato encontraron a un muchachito que iba caminando delante de ellos no con mucha prisa, y así pronto le alcanzaron.

El primero que habló fue don Quijote, diciéndole:

—Muy a la ligera camina vuestra merced, señor galán; y ¿adónde va? Sepamos, si es que quiere decírnoslo.

A lo que el mozo respondió:

—El caminar tan a la ligera lo causa el calor y la pobreza, y adonde voy es a la guerra.

—¿Cómo la pobreza? —preguntó don Quijote—. Porque por el calor bien puede ser.

—Señor —replicó el mancebo—, yo llevo en este envoltorio una camisa de terciopelo, compañera de esta ropa; si me la pongo por el camino, no podré usarla en la ciudad, y no tengo con qué comprar otra; y así por esto, como por airearme, voy de esta manera hasta alcanzar unas compañías de infantería, que no están más que a doce leguas de aquí, donde asentaré mi plaza, y desde allí iremos hasta el embarcadero, que dicen que ha de ser Cartagena; y prefiero tener por amo y señor al rey y servirle en la guerra, que no servir a un pelón de la corte.

—Y ¿lleva vuestra merced algún sobresueldo, por ventura? —preguntó el primo.

—Si yo hubiera servido a algún grande de España o a algún principal personaje —respondió el mozo—, a buen seguro que lo llevaría; que eso tiene el servir a los buenos, que del comedor de los sirvientes suele salir uno a ser alférez o capitán o con alguna buena pensión. Pero yo, ¡desventurado!, serví siempre a cesantes y advenedizos de ración tan mísera que en pagar el almidonar un cuello se consumía la mitad de ella, y se consideraría un milagro que un paje aventurero alcanzase una ventura razonable.

—Y dígame, amigo —preguntó don Quijote—: ¿es posible que en los años que sirvió no haya podido alcanzar ninguna librea?

—Dos me han dado — respondió el paje—; pero así como al que se sale de religión antes de profesar le quitan el hábito y le vuelven a sus vestidos, así me volvían a mí los míos mis amos; pues, acabados los negocios a que venían a la corte, se volvían a sus casas y recogían las libreas que me habían dado sólo por ostentación.

—¡Notable espirlochería!, como dice el italiano —dijo don Quijote—. Pero, a pesar de todo, tenga por mucha suerte el haber salido de la corte con tan buena intención como lleva, porque no hay en la Tierra cosa más honrosa ni de más provecho que servir a Dios primeramente y luego a su rey y señor en el ejercicio de las armas. Y advertid, hijo mío, que al soldado le está mejor oler a pólvora que a flores, y que si la vejez os coge en este honroso ejercicio, aunque sea lleno de heridas y estropeado o cojo, a lo menos no os podrá coger sin honra; y por ahora no os quiero decir más, sino que subáis a la grupa de mi caballo hasta la venta, y allí cenaréis conmigo, y por la mañana seguiréis vuestro camino, que os lo dé Dios tan bueno como lo merecen vuestros buenos deseos.

El paje no aceptó la invitación de subir a caballo, aunque sí la de cenar con él; y en esto llegaron a la venta al tiempo que anochecía, y con gran gusto de Sancho al ver que su amo la tomaba por verdadera venta y no por castillo como solía hacerlo.

No bien hubieron entrado cuando don Quijote preguntó al ventero por el hombre de las lanzas y alabardas, el cual le respondió que estaba en la caballeriza aposentando al macho; y lo mismo hicieron con sus jumentos el primo y Sancho, dando a *Rocinante* el mejor pesebre y el mejor lugar de la caballeriza.

CAPÍTULO XV

LA AVENTURA DEL REBUZNO Y LA GRACIOSA DEL TITIRITERO

NO ESTABA TRANQUILO DON QUIJOTE HASta oír y saber las maravillas prometidas por aquel hombre que encontraron en el camino. Fue a buscarle donde el ventero había dicho que estaba, lo encontró, y en presencia de todos empezó el hombre su relato:

—Sepan vuestras mercedes que en un lugar que está a cuatro leguas y media de esta venta sucedió que a un regidor, por engaño de una muchacha criada suya, le faltó un asno; y el regidor por más que hizo no pudo hallarlo. Hacía unos quince días que el asno faltaba cuando un compañero del regidor le dijo:

»—Dadme albricias, compadre, que vuestro jumento ha aparecido.

»—Yo os las mando, y buenas, compadre —respondió el otro—; pero sepamos dónde ha aparecido.

»—En el monte —respondió el hallador— le vi esta mañana, sin albarda ni aparejo alguno y tan flaco que daba compasión mirarlo; le quise atrapar y traéroslo; pero está tan montaraz y huraño que cuando llegué a él se fue huyendo y se metió en lo más escondido del bosque; si queréis que vayamos los dos a buscarle, dejadme poner esta borrica en mi casa y en seguida vuelvo.

»—Mucho placer me haréis —dijo el del jumento—, y yo procuraré pagároslo en la misma moneda. No os quepa duda de ello.

»En resumen, los dos regidores, a pie y mano a mano, se fueron al monte; y al llegar a aquel sitio donde pensaban hallar el asno no le hallaron, ni apareció por aquellos contornos, por más que lo buscaron.

»Viendo, pues, que no aparecía, dijo el regidor que le había visto al otro:

»—Mirad, compadre, una idea me ha venido al pensamiento, con la cual sin duda podremos descubrir a este animal aunque esté metido en las entrañas de la tierra en vez del monte; y es que... yo sé rebuznar maravillosamente, y si vos sabéis algún tanto, dad el hecho por concluido.

»—¿Algún tanto decís, compadre? —dijo el otro—. Por Dios que no me aventaja nadie, ni los mismos asnos. Podéis estar seguro.

»—Ahora lo veremos —respondió el regidor segundo—; porque he determinado que os vayáis vos por una parte del monte, y yo por otra, de modo que le rodeemos y andemos todo; y de trecho en trecho rebuznaré yo; y no podrá ser menos sino que el asno nos oiga y nos responda si es que está en el monte.

»A lo que respondió el dueño del jumento:

»—Digo, compadre, que la idea es excelente y digna de vuestro gran ingenio.

»Y dividiéronse los dos según el acuerdo; y sucedió que rebuznaron casi al mismo tiempo y cada uno, engañado por el rebuzno del otro, acudieron los dos a buscarse, pensando que el jumento ya había aparecido; y al verse, dijo el que lo había perdido:

»—¿Es posible, compadre, que no fuera mi asno el que rebuznó?

»—No fue él, sino yo —respondió el otro.

»—Ahora digo —dijo el dueño— que de vos a un asno, compadre, no hay ninguna diferencia en lo que toca al rebuznar.

»—Esas alabanzas —respondió el de la idea— mejor os van a vos que a mí, compadre; porque podéis dar rebuznos de ventaja al mayor y más perfecto rebuznador del mundo; porque el sonido que tenéis es alto, y en resumen me doy por vencido y os cedo la palma de esta rara habilidad.

»—Ahora digo —respondió el dueño— que pensaré que tengo alguna gracia, pues nunca creí rebuznar tan bien.

»Dicho esto se volvieron a separar y a rebuznar sin que apareciese el jumento. Y cómo iba a hacerlo el pobre si le hallaron después en lo más escondido del bosque comido por los lobos. Y al verle dijo su dueño:

»—Ya me maravillaba yo de que no respondiera, pues de no estar muerto hubiera rebuznado. Pero doy por bien empleado el tiempo este por haberos oído rebuznar con tanta gracia.

»Ambos volvieron a su aldea y contaron lo ocurrido, exagerando lo del rebuzno, de modo que con el tiempo se corrió la voz y las gentes de otros pueblos al ver uno de nuestra aldea rebuznaban como echándoles en cara el rebuzno de nuestros regidores. Fue cundiendo el rebuzno de uno en otro pueblo, de manera que son conocidos por los naturales del pueblo del rebuzno, como son diferenciados los negros de los blancos; y ha llegado a tanto la desgracia de esta burla que muchas veces, con mano armada y formando escuadrón, han salido los burladores contra los burlados a darse batalla, sin que lo pueda impedir ni rey ni roque, ni temor ni vergüenza. Yo creo que mañana o al otro día han de salir en campaña los de mi pueblo, que son los del rebuzno, contra otro lugar que está a dos leguas del nuestro, que es uno de los que más nos persiguen. Y éstas son las maravillas que dije que os había de contar.

En este momento entró por la puerta de la venta un hombre todo vestido de gamuza, medias, pantalones y jubón, y en voz alta dijo:

—Señor huésped, ¿hay posada? Que viene aquí el mono adivino y el retablo de la libertad de Melisendra. ¿No me conocéis, amigo?

—¡Cuerpo de tal! —dijo el ventero—. ¿Que está aquí el señor maese Pedro? Buena noche se nos presenta. (Se me olvidaba decir que el tal maese Pedro traía cubierto con tafetán el ojo izquierdo y casi media cara, señal de que todo aquel lado debía de estar enfermo.) Y el ventero prosiguió diciendo:

—Sea bien venido vuestra merced, señor maese Pedro; ¿adónde está el mono y el retablo, que no lo veo?

—Ya llegan cerca —respondió el otro—, sino que yo me he adelantado para saber si hay posada.

—Al mismo duque de Alba se la quitara para dársela al señor maese Pedro —respondió el ventero—; venga el mono y el retablo; que hay gente esta noche en la venta que pagará por ver las habilidades del mono.

—Sea en buena hora —respondió el del parche—; que yo moderaré el precio y con sólo el coste me daré por bien pagado.

Preguntó luego don Quijote al ventero qué maese Pedro era aquél y qué retablo y qué mono traía.

A lo que respondió el ventero:

—Éste es un famoso titiritero, que hace muchos días que anda por esta parte de la Mancha, enseñando un retablo de la libertad de Melisendra, dada por el famoso don Gaiferos. Trae también consigo un mono que posee la más rara habilidad que se ha visto entre monos ni imaginado entre hombres; porque si le preguntan algo, está atento a lo que se pregunta, y luego salta sobre el hombro de su amo y acercándose a su oído le murmura la respuesta de lo que le preguntan, y luego maese Pedro la declara, y aunque no siempre las acierta todas no yerra en la mayoría. Lleva dos reales por cada pregunta y así se cree que el tal maese Pedro es riquísimo.

En esto volvió maese Pedro y en una carreta venía el mono, y apenas le vio don Quijote le hizo esta pregunta:

—Dígame, señor adivino, ¿qué ha de ser de nosotros? Y vea aquí mis dos reales.

· —Este animal, señor, no responde de las cosas que están por venir. Sólo sabe de las pasadas y de las presentes.

—Entonces dígame, señor del mono, ¿qué hace ahora mi mujer Teresa Panza y en qué se entretiene? —preguntó Sancho.

Maese Pedro dio dos golpes al animal y éste se puso sobre él y acercó la boca al oído. Luego el mono de un brinco se puso en el suelo. Al punto maese Pedro se fue a ponerse de rodillas ante don Quijote y abrazándole las piernas le dijo:

—Estas piernas abrazo, oh jamás bastante alabado caballero don Quijote de la Mancha, ánimo de los desmayados, brazo de los caídos y consuelo de todas las desdichas.

Quedó pasmado don Quijote, absorto Sancho, suspenso el primo, atónito el paje, abobado el del rebuzno, confuso el ventero y finalmente espantados todos los que oyeron las palabras del titiritero, el cual prosiguió de esta manera:

—Y tú, ¡oh buen Sancho Panza, el mejor escudero del mejor caballero del mundo! Alégrate; que tu buena mujer Teresa está buena y en esta hora está rastrillando una libra de lino; y por más señas tiene a su izquierda un jarro, con una buena cantidad de vino, para entretenerse en su trabajo.

—Eso creo yo muy bien —respondió Sancho—; porque es ella una bienaventurada, y de no ser celosa, no la cambiaría yo por la giganta Andandona.

—Ahora digo —dijo entonces don Quijote— que el que lee mucho y anda mucho, ve mucho y sabe mucho. Digo esto porque ¿quién me hubiera persuadido de que hay monos en el mundo que adivinen como lo he visto con mis propios ojos? Porque yo soy el mismo don Quijote de la Mancha que este buen animal ha dicho.

—Si yo tuviese dineros —dijo el paje—, preguntaría al señor mono qué me ha de suceder en la peregrinación que llevo.

A lo que respondió maese Pedro:

—Ya he dicho que esta bestezuela no responde a lo por venir; no importa no tener dinero; que por servicio del señor don Quijote, que está presente, dejara yo todos los intereses del mundo; y ahora quiero armar mi retablo y dar placer a todos los que están en la venta sin paga alguna.

Al oír esto el ventero, muy alegre, señaló el lugar donde se podía poner el retablo, que se montó en un momento.

Don Quijote no estaba muy contento con las adivinanzas del mono, porque no le parecía muy a propósito que un mono adivinase ni las cosas por venir ni las pasadas; y así, en tanto que maese Pedro preparaba el retablo, se retiró don Quijote con Sancho a un rincón de las caballerizas, donde, sin que les oyera nadie, le dijo:

—Mira, Sancho: yo he considerado bien la extraña habilidad de este mono y opino por mi parte que sin duda ese maese Pedro, su amo, debe de tener hecho pacto con el demonio, pues sólo a Dios le está reservado conocer los tiempos y los momentos y para Él no hay pasado ni porvenir, porque todo es presente.

En este momento llegó maese Pedro a buscar a don Quijote y decirle que ya estaba listo el retablo; que su merced viniese a verlo cuando gustase, porque lo merecía.

Así lo hicieron y llegaron adonde estaba el retablo, ya descubierto y lleno de candelillas encendidas que le hacían vistoso y resplandeciente. Al llegar se metió maese Pedro dentro de él para manejar las figuras y fuera se colocó un muchacho, criado de maese Pedro, para hacer de intérprete y explicar los misterios del retablo. Reunidos, pues, todos los que estaban en la venta y acomodados don Quijote, Sancho y el primo en los mejores lugares, el titiritero comenzó la representación.

Callaron todos los que miraban el retablo y estuvieron atentos a lo que decía. De pronto se oyeron sonar gran cantidad de trompetas y disparos de mucha artillería. Luego alzó la voz el muchacho y dijo:

—Esta verdadera historia trata de la libertad que dio el señor don Gaiferos a su esposa Melisendra, cautiva en España en poder de moros en la ciudad de Sansueña, que hoy se llama Zaragoza. Vean cómo juega a las cartas don Gaiferos. Y aquel personaje que asoma allí con la corona en la cabeza y el cetro en las manos es el emperador Carlomagno, padre adoptivo de la tal Melisendra. Ésta se enfada con su yerno. Y miren vuestras mercedes también cómo el emperador vuelve la espalda y deja despechado a don Gaiferos, el cual ya ven cómo arroja impaciente, lejos de sí, el tablero y las tablas, y pide aprisa las armas, y a don Roldán, su primo, pide prestada su espada Durindana; y cómo don Roldán no se la quiere prestar. Vuelvan vuestras mercedes los ojos hacia aquella torre que

allí aparece, que se supone que es una de las torres del alcázar de Zaragoza, que ahora llaman la Alfajería; y aquella dama que está en el balcón vestida a lo moro es la sin par Melisendra, que desde allí muchas veces se ponía a mirar el camino de Francia, y con la imaginación puesta en París y en su esposo, se consolaba de su cautiverio.

»Esta figura que aparece aquí, cubierta con una capa, es la misma de don Gaiferos, a quien su esposa, con mejor semblante, puesta en los miradores de la torre, ha visto sin conocerle, y habla con su esposo creyendo que es algún viajero.

»Ahora se ve cómo don Gaiferos se descubre; y por los ademanes alegres que hace Melisendra, se da a entender que lo ha conocido; y más ahora, que vemos cómo se descuelga por el balcón hasta subir a la grupa del caballo de su buen esposo. Mas, ¡ay desventurada!, que se le prende una punta de la falda en uno de los hierros del balcón y está pendiente en el aire sin poder llegar al suelo. Pero veis cómo el cielo socorre las necesidades, pues llega don Gaiferos y, sin mirar si se rasgará o no la rica falda, la toma y la hace bajar al suelo, y luego de un brinco la sube sobre su caballo a horcajadas, como un hombre, y la ordena que se agarre fuertemente y que le eche los brazos por la espalda, para que no se caiga,

porque la señora Melisendra no estaba acostumbrada a semejantes caballerías. Veis cómo vuelven la espalda y salen de la ciudad y, alegres y satisfechos, toman el camino de París. Algunos ojos ociosos vieron la bajada y la subida de Melisendra y dieron la noticia al rey Marsilio, el cual mandó dar la alarma. Miren cuán lúcida caballería sale de la ciudad en persecución de los dos católicos amantes. Me temo que los han de alcanzar y los han de volver a traer atados a la cola de su mismo caballo.

Viendo y oyendo tanto estrépito y tanta morisma, a don Quijote le pareció bien ayudar a los que huían y así dijo en voz alta:

—No consentiré que en mi presencia se haga daño a tan buen caballero como don Gaiferos. ¡Deteneos, canallas!

Y diciendo esto desenvainó la espada, se puso junto al retablo y empezó a asestar cuchilladas a diestro y siniestro.

Daba voces maese Pedro diciendo:

—Deténgase, señor don Quijote, y advierta que estos que derriba y destroza no son verdaderos moros, sino unas figuras de pasta.

Mas no por esto dejaba don Quijote de dar cuchilladas, mandobles, tajos y reveses como si lloviera. Finalmente dio con todo el retablo en el suelo, hechas pedazos y desmenuzadas todas sus figuras.

Hecho, pues, el general destrozo del retablo, sosegóse un poco don Quijote y dijo:

—Quisiera yo tener delante de mí ahora a todos cuantos creen que no son de provecho los caballeros andantes. Miren, si no me hubiera hallado yo aquí, ¡qué hubiera sido del buen don Gaiferos y de la hermosa Melisendra! En resumen, ¡viva la caballería andante sobre todas las cosas de la Tierra!

—Viva en buena hora —dijo en este momento con voz débil maese Pedro—, y muera yo, pues soy tan desdichado.

»No hace media hora, ni aun medio momento, que me vi señor de reyes y emperadores, y ahora me veo desolado y abatido, pobre y mendigo y, sobre todo, sin mi mono; porque antes de que vuelva a mi poder, me han de sudar los dientes, y todo por la furia mal considerada de este señor caballero, de quien se dice que ampara a los necesitados y hace otras obras caritativas.

Enternecióse Sancho Panza con las palabras de maese Pedro, y le dijo en tono cariñoso:

—No llores, maese Pedro, ni te lamentes; que me rompes el corazón; porque te hago saber que es mi señor don Quijote tan católico y escrupuloso cristiano, que si él se da cuenta de que te ha hecho algún agravio, te lo querrá y sabrá satisfacer y pagar con creces.

—Con que me pagase el señor don Quijote alguna parte de lo que me ha deshecho, quedaría contento y su merced aseguraría su conciencia, porque no se puede salvar quien tiene lo ajeno contra la voluntad de su dueño y no lo restituye.

—Así es —repuso don Quijote—, pero yo no sé que tenga nada vuestro, maese Pedro.

—¿Cómo no? —exclamó maese Pedro—. ¿Y quién esparció y aniquiló estas reliquias que están en el suelo?

—Ahora acabo de creer que estos encantadores que me persiguen me ponen las figuras como son delante de los ojos y luego las cambian en las que ellos quieren. Yo creí, señores, que todo era realidad. De modo que aun sin malicia estoy dispuesto a pagar las costas. Diga maese Pedro lo que quiere por las figuras que yo se lo pagaré en buena moneda castellana.

Y así lo acordaron y con la ayuda de Sancho y el ventero fueron detallando los gastos que subieron unos cuarenta y dos reales y tres cuartillos.

—Dáselos, Sancho —dijo don Quijote—, no para tomar el mono, sino la mona; y yo daría doscientos satisfecho a quien me dijera con seguridad que la señora Melisendra y el señor Gaiferos estaban ya en Francia y entre los suyos.

—Ninguno nos lo podría decir mejor que mi mono —dijo maese Pedro—; pero no habrá diablo que ahora le encuentre; aunque me imagino que el cariño y el hambre le forzarán a volver a buscarme esta noche.

En resumen, la borrasca del retablo se acabó y todos cenaron en buena paz y compañía a costa de don Quijote, que era generoso hasta el extremo. Antes de que amaneciese se fue el que llevaba las lanzas y las alabardas, y después de amanecido vinieron a despedirse de don Quijote el primo y el paje. Maese Pedro no quiso entrar en más dimes ni diretes con don Quijote, a quien él conocía muy bien; y así, antes de que saliese el sol, tomó las reliquias de su retablo y a su mono y se fue también a buscar sus aventuras. El ventero, que no conocía a don Quijote, estaba tan admirado de sus locuras como de su esplendidez. Finalmente Sancho le pagó muy bien por orden de su señor; y despidiéndose a las ocho de la mañana, dejaron la venta y se pusieron en camino, donde los dejaremos ir para aclarar otras cosas pertenecientes a esta famosa historia.

Y ahora daremos cuenta de quién era maese Pedro y quién el mono adivino.

Bien se acordará el que hubiese leído la primera parte de esta historia de aquel Ginés de Pasamonte, el galeote, a quien, entre otros presos, don Quijote dio la libertad. Este Ginés fue también el que hurtó a Sancho el rucio mientras estaba durmiendo.

Temeroso Ginés de ser atrapado pasó al reino de Aragón y se cubrió el ojo izquierdo dedicándose al oficio de titiritero. Compró el mono a unos cristianos que venían de Berbería, a quien enseñó a subirse a su hombro y hacer ver que murmuraba algo a su oído. Cuando iba a una aldea se informaba de las cosas importantes que habían sucedido para poder responder a las preguntas. Luego hablaba de las habilidades de su mono, diciendo al pueblo que adivinaba el pasado y el presente, aunque en el porvenir no lo hacía tan bien. Por la respuesta pedía dos reales, si bien a veces lo hacía más barato según fuese quien preguntaba; y cuando llegaban de la casa de donde él sabía los sucesos, aunque no preguntasen nada por no pagarle, él hacía seña al mono y luego decía que le había dicho tal y tal cosa, que era lo que había sucedido. Con esto cobraba crédito y todos andaban tras él. En cuanto entró en la venta reconoció a don Quijote y a Sancho, y así le fue fácil despertar la admiración de ambos y de todos los que allí estaban; pero le hubiera costado caro si don Quijote llega a bajar un poco más la mano cuando cortó la cabeza al rey Marsilio y destruyó a toda su caballería, tal como se ha dicho en este capítulo.

Esto es lo que hay que decir de maese Pedro y su mono; y volviendo a don Quijote de la Mancha, digo que, después de haber salido de la venta, determinó ver primero las riberas del río Ebro y todos aquellos contornos antes de entrar en la ciudad de Zaragoza, pues tenía tiempo, ya que aún faltaba mucho hasta que se celebrasen los torneos. Con esta intención siguió su camino, por el cual anduvo dos días sin que le ocurriese cosa digna de escribirse, hasta que el tercero, al subir a una loma, oyó un gran rumor de trompetas y tambores. Al principio pensó que alguna compañía de soldados pasaba por aquella parte, y para verlos picó espuelas a *Rocinante* y subió a la loma; y cuando estuvo en la cumbre vio al pie de ella, a su parecer, más de doscientos hombres armados con toda clase de armas. Bajó la cuesta y acercóse tanto al escuadrón que vio claramente las banderas, viendo los colores y dibujos que en ellas traían, especialmente una leyenda que venía en un estandarte de raso blanco, en la cual estaba pintado un asno con la cabeza levantada, la boca abierta y la lengua fuera, como si estuviese rebuznando.

Por esta insignia dedujo don Quijote que aquella gente debía de ser la del pueblo del rebuzno, y así se lo dijo a Sancho, explicándole lo que estaba escrito en el estandarte.

Don Quijote se acercó a ellos y habló así:

—Yo, señores, soy caballero andante. Hace días que he sabido vuestra desgracia y os digo que estáis equivocados al teneros por ofendidos, porque ningún particular puede ofender a todo un pueblo. No se deben tomar las armas por niñerías. Además de que el tomar venganza injusta va contra la santa ley que profesamos, que nos manda amar a nuestros enemigos. Así que, señores míos, vuestras mercedes están obligados a calmarse tanto por las leyes divinas como por las humanas. Así lo digo y lo mantengo.

Tomó un poco de aliento don Quijote y, viendo que aún le prestaban atención, quiso seguir adelante; y así lo hubiera hecho de no mediar Sancho, que se adelantó a su amo y dijo:

—Mi señor don Quijote es un hidalgo muy inteligente que sabe latín, y siempre que aconseja procede como muy buen soldado, así que no hay más que prestar atención a lo que él dijere; cuanto más que es tontería burlarse por sólo oír un rebuzno, pues yo me acuerdo que de muchacho rebuznaba tan bien que al oírme se ponían a hacerlo todos los asnos del pueblo. Y para que vean que digo la verdad, esperen y escuchen, pues esto es algo que nunca se olvida.

Y con la mano en las narices comenzó a rebuznar con tanta fuerza que todos los valles retumbaron. Pero uno de los que estaban junto a él, creyendo que hacía burla de ellos, alzó un bastón que tenía en la mano y diole con él tan fuerte golpe que lo dejó tendido en el suelo. Don Quijote, que vio esto, arremetió contra el que le había dado lanza en mano; pero fueron tantos los que se pusieron en medio que no pudo vengarle, y viendo que empezaban a tirarle piedras y a amenazarle, picó espuelas a *Rocinante* y se alejó de allí lo más aprisa que pudo, volviendo la cabeza para ver si le seguían, pero ellos se contentaron con verle huir sin tirarle. Luego pusieron a Sancho sobre su rucio, que siguió las huellas de *Rocinante* y don Quijote y, viendo que sus contrincantes no presentaban batalla, regresaron a su pueblo muy alegres.

CAPÍTULO XVI

ENCUENTRO CON LOS DUQUES

ES DE VARONES PRUDENTES HUIR Y GUAR-darse para mejor ocasión. Esto es lo que hizo don Quijote al ver la furia del pueblo. El hidalgo, sin acordarse de Sancho, puso pies en polvorosa. El escudero le seguía atravesado en su jumento tal como se ha dicho. Cuando estuvieron a una distancia prudencial, don Quijote se detuvo y recriminó a Sancho su manera de rebuznar. Por su parte, Sancho afeó a su amo el que le hubiera dejado en la estacada, cosa que no era propia de caballeros andantes.

—No huye el que se retira —respondió don Quijote—; porque has de saber, Sancho, que la valentía que no se funda en la prudencia se llama temeridad; así que yo confieso que me he retirado, pero no he huido, y en esto he imitado a muchos valientes.

En esto ya estaba a caballo Sancho, ayudado por don Quijote, el cual asímismo subió a *Rocinante*, y se dirigieron a una alameda que aparecía a cosa de un cuarto de legua.

Cuando llegaron allá, don Quijote se acomodó al pie de un olmo, y Sancho junto a un haya, donde pasó una noche penosa, porque los varazos se notaban más con la humedad. Pero por fin se durmieron ambos y al amanecer siguieron su camino buscando las riberas del famoso Ebro.

Sucedió, pues, que al otro día, al ponerse el sol, tendió don Quijote la vista por un verde prado y al final de él vio gente, y al acercarse más conoció que eran cazadores de importancia. Acercóse más y entre ellos vio a una gallarda señora sobre una jaca blanquísima, adornada con guarniciones verdes, y con plata la silla de montar. La señora iba también vestida de verde muy ricamente; en la mano izquierda llevaba un azor, cosa que dio a entender a don Quijote que se trataba de una gran señora, que debía serlo de todos aquellos cazadores, y así dijo a Sancho:

—Corre, Sancho hijo, y di a aquella señora del azor que yo, el Caballero de los Leones, beso las manos a su gran hermosura, y si su grandeza me lo permite, se las iré a besar y a servirla en todo cuando me mandare.

Partió, pues, Sancho a la carrera y llegó adonde estaba la bella cazadora; y apeándose, puesto de hinojos ante ella, le dijo:

—Hermosa señora, aquel caballero que allí aparece, llamado el Caballero de los Leones, es mi amo, y soy un escudero suyo a quien llaman en su casa Sancho Panza. Este caballero, que antes se llamaba el de la Triste Figura, me envía a decir a vuestra merced que dé permiso para que, con su beneplácito y consentimiento, venga a cumplir su deseo, que no es otro, según dice, que el de servir a vuestra hermosura, con lo cual él se considerará satisfechísimo y feliz.

—Por cierto, buen escudero —respondió la señora—, que habéis dado vuestra embajada con todas las circunstancias que tales embajadas piden. Levantaos, amigo, y decid a vuestro amo que venga, en buena hora, a servirse de mí y del duque, mi marido, a una casa que cerca de aquí tenemos.

Se levantó Sancho, admirado de la hermosura de la buena señora, así como de su educación y cortesía, y la dama le preguntó:

—Este vuestro señor, ¿no es uno de quien está impresa una historia que se llama *El ingenioso hidalgo don Quijote de la Mancha,* que tiene por señora a una tal Dulcinea del Toboso?

—El mismo es, señora, y el escudero, a quien llaman Sancho Panza, soy yo.

—De todo me alegro mucho, hermano Panza —dijo la duquesa—. Decid a vuestro señor que sea bien venido a mis estados.

Sancho Panza fue a contar a su amo todo lo ocurrido y don Quijote acudió a donde estaban aquellos señores para saludarles, pero al apearse de *Rocinante* lo hizo con tan mala fortuna que se cayó al suelo. El duque mandó a sus cazadores que ayudasen al caballero, los cuales levantaron a don Quijote maltrecho de la caída; y renqueando y como pudo, se fue a poner de rodillas ante los dos señores; pero el duque no lo consintió de ninguna manera, sino que, apeándose de su caballo, fue a abrazar a don Quijote, diciéndole:

—A mí me pesa, señor Caballero de la Triste Figura, que la primera que vuestra merced ha hecho en mi tierra haya sido tan mala como se ha visto.

—El que yo he tenido en veros, valeroso príncipe —respondió don Quijote—, es imposible que sea malo; pues, aunque en mi caída no parara hasta el más profundo de los abismos, me levantara de allí la gloria de haberos visto. Siempre estaré al servicio vuestro y al de mi señora la duquesa, digna señora de la hermosura y princesa de la cortesía.

—Despacio, mi señor don Quijote de la Mancha —dijo el duque—; que donde está mi señora doña Dulcinea del Toboso, no está bien que se alaben otras hermosuras.

En este momento, Sancho Panza dijo:

—No se puede negar que es muy hermosa mi señora Dulcinea del Toboso; pero donde menos se piensa salta la liebre, y el que hace un vaso hermoso, también puede hacer dos y tres y ciento; lo digo porque mi señora la duquesa no le va a la zaga a mi ama, la señora Dulcinea del Toboso.

Volvióse don Quijote a la duquesa y le dijo:

—Imagine vuestra grandeza que no hubo en el mundo caballero andante que tuviera un escudero más hablador ni más gracioso que el que yo tengo.

A lo que respondió la duquesa:

—El que Sancho sea gracioso, lo considero mucho, porque es señal de que es listo; pues las gracias, señor don Quijote, como ya sabe vuestra merced, no son propias de los torpes; y puesto que el buen Sancho es gracioso, yo lo tengo por inteligente en sumo grado.

—Y hablador —añadió don Quijote.

—Tanto mejor —dijo el duque—, porque muchas gracias no se pueden decir con pocas palabras; y para que no se nos pase el tiempo hablando, venga el señor Caballero de la Triste Figura...

—De los Leones ha de decir vuestra alteza —dijo Sancho—, que ya no hay triste figura.

—Sea el de los Leones —prosiguió el duque—; digo que venga el señor Caballero de los Leones a un castillo mío, que está aquí cerca, donde se le hará el recibimiento que se debe a tan alta persona.

Ya en esto Sancho había atado bien la silla de *Rocinante*; y subiendo en él don Quijote, y el duque en un hermoso caballo, pusieron a la duquesa en medio y se encaminaron al castillo. Mandó la duquesa a Sancho que fuese junto a ella porque le gustaba mucho escucharle. No se hizo de rogar Sancho y mezclóse con los tres, con gran gusto de la duquesa y el duque, contentísimos de acoger en su castillo a tal caballero andante y tal escudero andado.

Grande era la alegría de Sancho viendo la predilección que por él sentía la duquesa, porque se figuraba que en el castillo sería tratado a cuerpo de rey.

Antes de que llegasen, el duque se adelantó para dar órdenes a sus criados del modo cómo habían de tratar a don Quijote.

Al entrar en el patio llegaron dos hermosas doncellas y echaron sobre los hombros de don Quijote un gran manto de finísima tela escarlata, y la servidumbre decía a grandes voces:

—¡Bien venido sea la flor y nata de los caballeros andantes!

Sancho, abandonando al rucio, entró con la duquesa en el castillo, y remordiéndole la conciencia por dejar al jumento solo, se acercó a una respetable dueña, que había salido con otras a recibir a la duquesa y en voz baja le dijo:

—Señora González, o como es su gracia de vuestra merced...

—Doña Rodríguez de Grijalba me llamo —respondió la dueña—; ¿qué es lo que mandáis, hermano?

A lo que respondió Sancho de este modo:

—Querría que vuestra merced saliese a la puerta del castillo, donde hallará a mi asno, porque el pobrecillo es muy tímido y no querrá estar a solas de ninguna manera.

—Si tan listo es el amo como el mozo —respondió la dueña—, arreglados estamos. Andad, hermano, en mala hora y preocupaos vos de vuestro jumento, que las dueñas de esta casa no estamos acostumbradas a semejantes trabajos.

—Pues en verdad —respondió Sancho—, que he oído a mi señor contando aquella historia de Lanzarote cuando de Bretaña vino, que «damas cuidaban de él y dueñas de su rocino»; y no cambiaría yo a mi asno por el rocín del señor Lanzarote.

—Hermano, si sois juglar —replicó la dueña—, guardad vuestras gracias para quienes os las paguen, que de mí no sacaréis ni un higo.

—Y además —respondió Sancho— que será maduro viniendo de alguien de vuestros años.

—Si soy vieja o no —dijo la dueña toda encendida en cólera—, a Dios daré cuenta y no a vos, bellaco harto de ajos.

Y esto lo dijo en voz tan alta que lo oyó la duquesa; y volviéndose y viendo a la dueña tan alborotada, le preguntó lo que ocurría.

—Este buen hombre —replicó la dueña—, que me ha pedido que vaya a poner en la caballeriza a un asno suyo que está a la puerta del castillo, trayéndome como ejemplo que así lo hicieron no sé dónde unas damas que cuidaron a un tal Lanzarote y a su rocín; y sobre todo, como buen término, me ha llamado vieja.

—Eso lo tendría yo por ofensa —respondió la duquesa—, más que cuantas pudieran decirme. —Y hablando con Sancho le dijo: —Advertid, Sancho amigo, que doña Rodríguez es muy joven y que lleva estas tocas más por autoridad que por sus años.

—No lo dije por ofenderla —respondió Sancho—, sino porque es tan grande el cariño que le tengo a mi rucio que me pareció que no podía encomendarle a persona más caritativa que a la señora doña Rodríguez.

—¿Esas son palabras para este lugar, Sancho? —le recriminó don Quijote.

—Cada uno ha de hablar de lo suyo dondequiera que estuviere. Aquí me acordé del rucio y aquí hablé de él.

—Sancho está en lo cierto —terció el duque—. Al rucio se le cuidará a pedir de boca.

Pero al quedarse a solas, don Quijote volvió a recriminar a su escudero.

—¿Te parece bien, Sancho, ofender a una dueña tan digna de respeto? Frena la lengua y piensa las palabras antes de que salgan de tu boca.

Poco después, amo y escudero se presentaron, bien vestidos, en el comedor donde les esperaban el duque y la duquesa con todos los demás invitados. El duque convidó a don Quijote a ponerse en la cabecera de la mesa y aunque él rehusó, tanta fue la insistencia del duque que, por fin, hubo de acceder. El eclesiástico se sentó enfrente y el duque y la duquesa a los dos lados.

A todo estaba presente Sancho, y viendo las muchas ceremonias y cumplidos que hubo entre el duque y don Quijote por la cuestión de la cabecera de la mesa, dijo:

—Si sus mercedes me dan permiso, les contaré un cuento que pasó en mi pueblo acerca de esto de los asientos.

Apenas hubo dicho esto Sancho, cuando don Quijote tembló creyendo sin duda alguna, que había de decir una necedad.

Miróle Sancho y le entendió, y dijo:

—No tema vuestra merced, señor mío, que diga yo cosa inconveniente, pues no se me han olvidado los consejos que me dio vuestra merced sobre lo de hablar mucho o poco, bien o mal.

—Yo no me acuerdo de nada, Sancho —respondió don Quijote—, y di lo que quieras, pero dilo pronto.

—Pues lo que quiero decir —dijo Sancho— es tan verdad que mi señor don Quijote no me dejará mentir.

—Bien será —dijo don Quijote— que vuestras grandezas manden echar de aquí a este tonto, que dirá mil patochadas.

—No consentiré —dijo la duquesa— que Sancho se aparte de mí un momento, que yo le quiero mucho por su ingenio.

—Gracias sean dadas a vuestra alteza —dijo Sancho— por el buen concepto que tiene de mi ingenio, aunque no lo haya en mí; y el cuento que quiero decir es éste. Convidó un hidalgo de mi pueblo, muy rico y principal, porque venía de los Álamos de Medina del Campo, que casó con doña Mencía de Quiñones, hija de Alonso Marañón, caballero de Santiago, que se ahogó en la Herradura, por quien hubo aquella riña en nuestro lugar de la que salió herido el hijo de Balbastro, el herrero... ¿No es verdad todo esto, señor nuestro amo?

—Hasta ahora —dijo el eclesiástico— más os tengo por hablador que por mentiroso; pero de aquí adelante, ya no sé.

—Tú das tantos nombres y señas, Sancho, que no puedo dejar de decir que debes decir verdad; pasa adelante y acorta el cuento, que llevas camino de no acabar en dos días. ¡Vamos, que se me acaba la paciencia!

—No lo ha de acortar —dijo la duquesa— para satisfacerme a mí, sino que lo ha de contar tal como lo sabe, aunque lo acabe en seis días, pues serían los mejores que he pasado en mi vida.

—Digo, señores —prosiguió Sancho—, que ese hidalgo convidó a un labrador pobre pero honrado... Digo que al llegar el tal labrador a casa de dicho hidalgo, que en paz descanse, porque ya está muerto, y por más señas dicen que murió como un santo...

—Adelante, hermano —dijo entonces el religioso, impaciente, mientras don Quijote se estaba consumiendo de cólera.

—Digo así —explicó Sancho— que estando los dos para sentarse a la mesa, el labrador quería que el hidalgo tomase la cabecera y el hidalgo en que la tomase el labrador. Porfiaron uno y otro hasta que el hidalgo le hizo sentar diciendo: «Sentaos, ignorante, que dondequiera que yo me siente, seré vuestra cabecera.» Y éste es el cuento y creo que no es inconveniente.

Don Quijote se puso de mil colores y todos disimularon la risa al entender la malicia de Sancho. Para que éste no siguiera con más disparates, la duquesa preguntó a don Quijote sobre Dulcinea y éste le dijo que estaba encantada, por culpa de los malandrines que le querían mal, y convertida en la labradora más fea que pueda imaginarse.

—No sé — dijo Sancho—; a mí me parece la criatura más encantadora del mundo, al menos por su ligereza, pues os aseguro, señora duquesa, que salta desde el suelo sobre una borrica como si fuera un gato. Podéis estar segura de ello.

—¿La habéis visto vos encantada, Sancho? —preguntó el duque.

—¡Cómo si la he visto! —respondió Sancho—. Pues ¿quién fue el primero que cayó en la cuenta del encantorio, sino yo?

El eclesiástico, que oyó hablar de gigantes y de encantamientos, cayó en la cuenta de que aquél debía de ser don Quijote de la Mancha, y volviéndose a Sancho le preguntó:

—¿Por ventura sois vos, hermano, aquel Sancho Panza que dicen a quien vuestro amo tiene prometido el gobierno de una isla?

—Sí soy —respondió Sancho— y la merezco tanto como otro cualquiera, y ya es sabido que quien a buen árbol se arrima, buena sombra le cobija. Yo me he arrimado a buen señor y hace muchos meses que estoy en su compañía; y si vivimos los dos, ni a él le faltarán imperios que mandar ni a mí islas que gobernar.

—Sí, por cierto, Sancho amigo —dijo entonces el duque—; que yo, en nombre del señor don Quijote, os doy el gobierno de una que tengo de no pequeña calidad.

—Arrodíllate, Sancho —dijo don Quijote—, y besa los pies a su excelencia por el favor que te ha hecho.

Hízolo así Sancho; y el eclesiástico, al ver esto, se levantó de la mesa muy malhumorado, diciendo:

—Por el hábito que tengo, estoy por decir que tan loco está vuestra excelencia como estos pecadores. Quédese vuestra excelencia con ellos; que en tanto que estuvieren en su casa, me estaré yo en la mía y me ahorraré reprender por algo que no puedo remediar.

Y sin decir más ni comer más, se fue sin detenerse a los ruegos de los duques. Con esto cesó la plática y don Quijote se fue a dormir la siesta, en tanto que Sancho se fue a pasar la tarde con la duquesa y sus doncellas.

Muy satisfechos estaban los duques con la compañía de amo y escudero y esperaban alguna burla que fuera famosa. Así, acordaron organizar una montería a la que invitaron a los dos huéspedes.

Llegado el día, armóse don Quijote, vistióse Sancho, y encima de su rucio se metió entre la tropa de los monteros. Llegaron todos a un bosque donde comenzó la caza con gran estruendo, gritos y voces, de manera que no podían oírse unos a otros, tanto por el ladrido de los perros como por el son de las trompas.

Apeóse la duquesa y, con un agudo

puñal en las manos, se puso en un sitio por donde ella sabía que solían venir algunos jabalíes. Apeóse también don Quijote y lo mismo hizo el duque colocándose a su lado; Sancho se quedó detrás de ellos, subido en el rucio. Y apenas habían descendido cuando vieron que venía hacia ellos un enorme jabalí; y al verlo don Quijote tomó su escudo y se adelantó a recibirle con la mano en la espada; lo mismo hizo el duque, y a los dos se hubiera adelantado la duquesa si no se lo hubieran impedido.

Sólo Sancho, al ver al valiente animal, desamparó al rucio y echó a correr cuanto pudo intentando subirse a una alta encina; pero no le fue posible, porque cuando ya estaba a mitad de ella, cogido a una rama, tuvo tan mala suerte que se partió la rama, y al caer al suelo quedóse prendido de un gancho de la encina colgando en el aire; y al verse así, con el rico traje rasgado y creyendo que el fiero animal llegaba allí y le podía alcanzar, comenzó a dar tales gritos de socorro que los que le oían creyeron que estaba entre los dientes de alguna fiera. Por fin el gran jabalí cayó atravesado por los muchos cuchillos que se le pusieron delante; y volviendo la cabeza don Quijote a los gritos de Sancho, viole pendiente de la encina, cabeza abajo y con el rucio junto a él.

Llegó don Quijote y descolgó a Sancho, el cual, al verse en el suelo, miró el desgarrado traje de monte y le penó en el alma, pues creía que tenía con él una fortuna.

Sancho, mostrando a la duquesa su roto vestido, dijo:

—Si esta caza fuera de liebres o de pajarillos, seguro que mi traje no se vería en tal estado; yo no le encuentro el gusto a esperar a un animal que, si os alcanza con un colmillo, os puede quitar la vida.

—Os engañáis, Sancho —repuso el duque—. Precisamente la caza es conveniente para reyes y príncipes. Cuando seáis gobernador, ocupaos de la caza, amigo Sancho. Os lo recomiendo con insistencia.

—Eso no. El buen gobernador ha de quedarse en casa.

Con estos y otros razonamientos salieron de la tienda, y en cazar en diferentes puestos se les pasó el día y se les vino la noche. En cuanto anocheció pareció que el bosque ardía por sus cuatro partes y oyeron trompetas y clarines y quedaron todos muy admirados. Un grupo de guerreros atravesaba el bosque. De pronto pasó por allí un postillón vestido de demonio a quien preguntó el duque quién era y qué hacía allí.

—Soy el diablo y voy en busca de

don Quijote de la Mancha. Los guerreros que pasan por aquí son tropas de encantadores que traen sobre un carro a Dulcinea del Toboso que viene encantada con el gallardo francés Montesinos a dar orden a don Quijote de la Mancha de cómo ha de ser desencantada la tal señora.

—Si vos fuerais el diablo, como decís y como vuestra figura muestra, ya hubierais conocido al tal caballero don Quijote de la Mancha, pues le tenéis delante.

—Por Dios —respondió el diablo—, que no caía en ello, porque tengo tantas cosas en el pensamiento que la principal se me olvidaba.

—Sin duda —dijo Sancho— que este demonio debe de ser hombre de bien y buen cristiano, pues si no no hablaría de Dios.

Luego el demonio, sin apearse, dirigiendo la vista a don Quijote, dijo:

—A ti, el Caballero de los Leones, me envía Montesinos, mandándome de su parte que te diga que le esperes en el mismo lugar donde te encuentre, a causa de que trae consigo a la que llaman Dulcinea del Toboso, para decirte lo que es necesario para desencantarla.

Y diciendo esto, tocó el terrible cuerno y volvió la espalda y se marchó sin esperar respuesta alguna.

Renovóse la admiración de todos, especialmente la de Sancho y don Quijote.

—¿Piensa vuestra merced esperar, señor don Quijote? —preguntó el duque.

—¿Por qué no? —respondió él—. Aquí esperaré intrépidamente aunque me venga a embestir con todas sus fuerzas todo el infierno.

—Pues si yo veo otro diablo y oigo otro cuerno como el pasado, así esperaré yo aquí como en Flandes —dijo Sancho.

En esto se cerró más la noche y comenzaron a deslizarse muchas luces por el bosque. Oyóse asimismo un espantoso ruido, como el que causan las ruedas macizas de los carros de bueyes, junto con una tempestad de artillería, cuernos, trompetas, clarines y tambores, formando todo un son tan confuso y horrendo que don Quijote tuvo que recurrir a todo su ánimo para soportarlo. Pero Sancho no pudo y se desmayó en las faldas de la duquesa, la cual a toda prisa mandó que le echasen agua en el rostro, logrando que volviese en sí cuando llegaba al lugar un carro de rechinantes ruedas.

Tiraban de él cuatro perezosos bueyes, todos cubiertos de negro y con antorchas encendidas en los cuernos, y encima del carro venía sentado un venerable viejo vestido de negro y con una barba blanca tan larga que le pasaba de la cintura. Guiábanle dos feos demonios vestidos también del mismo modo.

Al llegar el carro al lugar, se levantó de su asiento el viejo venerable y dijo:

—Yo soy el sabio Lingardeo —y sin hablar más siguió adelante.

Tras éste pasó otro carro de la misma manera, con otro viejo semejante que hizo detener el carro y, con voz no menos grave que el otro, dijo:

—Yo soy el sabio Alquife, el gran amigo de Urganda la desconocida —y pasó adelante.

Luego llegó otro carro; pero no era un anciano el que venía en él, sino un hombrón robusto y de mala catadura, que dijo:

—Yo soy Arcalaús, el encantador, enemigo mortal de Amadís de Gaula y toda su parentela —y pasó adelante hasta un poco más lejos; donde se detuvieron los tres carros y cesó el terrible ruido de sus ruedas; y luego no se oyó más que música suave y agradable, con lo que Sancho se alegró y así dijo a la duquesa:

—Señora, donde hay música no puede haber cosa mala, que siempre es señal de regocijos y fiestas.

CAPÍTULO XVII

SIGUE LA ESTANCIA EN EL CASTILLO DE LOS DUQUES

AL COMPÁS DE LA AGRADABLE MÚSICA VIE-ron venir hacia ellos un carro tirado por seis mulas cubiertas de lienzo blanco, y en un alto trono venía sentada una ninfa y a su lado una figura cubierta enteramente de negro. En el momento en que el carro llegó frente a los duques y a don Quijote cesó la música y la negra figura se quitó el velo del rostro y mostró la descarnada faz de la muerte. Con voz dormida comenzó a decir:

—Yo soy Merlín, hijo del diablo, príncipe de la magia y amigo de los caballeros andantes a quienes persiguen los encantadores. Supe del encantamiento de Dulcinea y he llegado a conocer el remedio. ¡Oh tú, don Quijote! Te hago saber que para que la sin par Dulcinea pueda recobrar su antigua forma es necesario que tu escudero Sancho se propine voluntariamente tres mil trescientos azotes en sus posaderas.

—¡Voto a tal! —dijo entonces Sancho—. No tres mil azotes, ni tan siquiera tres me daré. ¡Vaya modo de desencantar!

—Yo te he de agarrar —dijo don Quijote—, villano, y amarrarte a un árbol, y te daré, no tres mil, sino seis mil azotes bien dados.

Oyendo lo cual Merlín dijo:

—No ha de ser así, porque los azotes que ha de recibir Sancho han de ser por su voluntad y en el tiempo que él quisiere, sin término ni plazo señalado; y si quiere que se los dé otra mano, algo pesada, puede reducir el vapuleo a la mitad.

—Ni pesada ni por pesar —respondió Sancho—. ¿Qué tengo yo que ver con la señora Dulcinea? El señor mi amo sí que se puede y se debe azotar por ella, pero yo no pienso hacerlo.

Apenas hubo dicho esto Sancho cuando se puso en pie la ninfa que estaba junto a Merlín y, quitándose el velo del rostro, descubrió a todos una maravillosa hermosura; y con voz desenfadada habló directamente a Sancho Panza, y le dijo:

—¡Oh desgraciado escudero, alma de cántaro, corazón de alcornoque! Si te mandaran, ladrón, que te arrojaras desde una torre; si te pidieran, enemigo del género humano, que te comieras una docena de sapos y dos de culebras o te ordenaran que mataras a tu mujer y a tus hijos, comprendería tus remilgos y vacilaciones; pero por tres mil miserables azotes no debes dejarme así. Y si por mí no quieres ablandarte, hazlo por ese pobre caballero que tienes a tu lado y que tanto está sufriendo por tu respuesta.

En este momento don Quijote se volvió al duque y le dijo:

—Señor, tengo el alma atravesada en la garganta como una nuez.

—¿Qué decís vos a esto, Sancho? —dijo la duquesa.

—Digo, señora —respondió Sancho—, lo que ya he dicho; que de los azotes, abernuncio.

—Abrenuncio habéis de decir, Sancho —dijo el duque.

—Déjeme vuestra grandeza —repuso Sancho— que no estoy para detalles ni en letras más o menos. ¿Y por qué voy a azotarme? ¿Por ventura mi carne es de bronce?

—Pues si no lo hacéis no llegaréis a gobernador, amigo Sancho —dijo el duque.

—¿No se me darían dos días de plazo para pensar lo que está mejor? —preguntó Sancho.

—Esto debe quedar resuelto en este momento —afirmó Merlín.

—Bueno, pues si no hay otro remedio digo que estaré contento de darme los tres mil trescientos azotes, con la condición de que me los he de dar como y cuando yo quiera, sin que se me tase el tiempo. Además, que si equivocare el número de azotes, el señor Merlín, que lo sabe todo, se ha de cuidar de contarlos y de avisarme los que me faltan o me sobran.

—De las sobras no habrá que avisar —respondió Merlín—, porque al llegar al número justo quedará desencantada de improviso la señora Dulcinea, y vendrá a buscar al buen Sancho para agradecerle y premiarle su buena obra.

—Ea, pues —dijo Sancho—; yo consiento en esta penitencia con las condiciones que he dicho.

Apenas dijo Sancho las últimas palabras cuando volvió a sonar la música de laúdes y arpas y don Quijote se colgó al cuello de su escudero, dándole mil besos en la frente y en las mejillas. La duquesa y todos los presentes dieron señales de estar muy satisfechos, y el carro comenzó a caminar; y al pasar la hermosa Dulcinea inclinó la cabeza a los duques e hizo una reverencia a Sancho.

Y llegó el alba alegre y risueña. Y satisfechos los duques de la caza y de haber conseguido su intención tan discreta y felizmente, se volvieron a su castillo con el propósito de continuar sus burlas, pues no había cosa que más gusto les diese.

Tenía el duque un mayordomo muy burlón y de gran ingenio, el cual hizo la figura de Merlín y con intervención de sus señores preparó otra burla de lo más gracioso que pudiera imaginarse.

Estaban todos en el jardín después de haber comido cuando se oyeron unos sones de tambor. Todos quedaron muy extrañados y estando así vieron entrar a dos hombres vestidos de luto. Les seguía un personaje de cuerpo gigantesco con una larguísima barba blanca. Se hincó de rodillas ante el duque que en ninguna manera le consintió hablar hasta que se levantase el velo. Hízolo así el espantajo prodigioso, y, puesto en pie, se alzó el antifaz del rostro y mostró la más horrenda, la más larga, la más blanca y más poblada barba que habían visto ojos humanos; y luego, con una voz grave y sonora y poniendo los ojos en el duque, dijo:

—Altísimo y poderoso señor; a mí me llaman Trifaldín el de la Barba Blanca; soy escudero de la condesa Trifaldi, por otro nombre llamada la Dueña Dolorida, de parte de la cual traigo a vuestra grandeza una embajada; y es que vuestra magnificencia se sirva darle permiso para entrar a decir su pena, que es una de las más grandes y admirables que caben en el pensamiento; y primero quiere saber si está en vuestro castillo el valeroso caballero don Quijote de la Mancha, en cuya busca viene a pie y sin desayunarse desde el reino de Candaya hasta este vuestro estado. Sólo aguarda vuestro permiso para entrar.

—Ya, buen escudero Trifaldín, hace muchos días que tenemos noticia de la desgracia de mi señora la condesa Trifaldi, a quien los encantadores hacen llamar la Dueña Dolorida. Bien podéis decirle que entre y que aquí está el valiente caballero don Quijote de la Mancha, de cuyo valor puede esperar todo amparo y toda ayuda.

Oyendo lo cual, Trifaldín hincó la rodilla hasta el suelo y, haciendo a los tambores señal de que tocasen, al mismo paso que había entrado, volvió a salir del jardín dejando a todos admirados de su presencia y su aspecto. Y volviéndose el duque a don Quijote, le dijo:

—En fin, famoso caballero, no pueden las tinieblas de la malicia oscurecer la luz del valor y la virtud. Digo esto porque apenas hace seis días que vuestra bondad está en este castillo cuando ya os vienen a buscar desde lejanas tierras, y no en carrozas ni dromedarios, sino a pie y en ayunas, los tristes que confían en hallar en este fortísimo brazo el remedio para sus penas y trabajos.

—Quisiera yo, señor duque —respondió don Quijote—, que estuviera aquí presente aquel bendito religioso que en la mesa, el otro día, mostró tanta ojeriza contra los caballeros andantes. Así vería si los tales caballeros son necesarios en el mundo y comprobaría que los afligidos y desconsolados, en casos de grandes desdichas, no van a buscar su remedio a casa de los letrados ni de los sacristanes, ni a los caballeros que nunca se han movido de su casa, ni a los perezosos cortesanos. Venga esa dueña y pida lo que quisiere; que yo la ayudaré con la fuerza de mi brazo y la resolución de mi valeroso espíritu.

Comenzaron a entrar en el jardín hasta unas doce dueñas repartidas en dos hileras. Tras ellas venía la condesa Trifaldi a quien traía de la mano su escudero Trifaldín de la Barba Blanca. Así como acabó de aparecer dicho escuadrón, el duque, la duquesa y don Quijote se pusieron de pie. Pasaron las doce dueñas e hicieron calle, por medio de la cual se adelantó la Dolorida, sin dejarla de la mano Trifaldín; viendo lo cual, el duque, la duquesa y don Quijote se adelantaron unos doce pasos para recibirla. Ella, puesta de rodillas en el suelo, con voz más bien ronca que delicada, dijo:

—Sírvanse vuestras grandezas no hacer tanta cortesía a este su criado..., digo a esta su criada..., porque, según estoy de dolorida, no acertaré a responder lo que debo, a causa de que mi extraña y nunca vista desdicha me ha llevado sobre todo el entendimiento no sé dónde.

—Sin él estaría —respondió el duque—, señora condesa, el que no descubriere por vuestra persona vuestro valor; el cual es merecedor de la flor y nata de la cortesía y de las ceremonias.

Y levantándola de la mano, la llevó a sentar en una silla al lado de la duquesa, la cual la recibió asímismo con mucho comedimiento. Don Quijote callaba y Sancho se moría de ganas de ver el rostro de la Trifaldi y de alguna de sus muchas damas.

Sosegados todos y en silencio, estaban esperando quién lo había de romper, y fue la Dueña Dolorida con estas palabras:

—Confiada estoy, señor poderosísimo, hermosísima señora y discretísimos circunstantes, que mi pena ha de hallar en vuestros valerosísimos pechos acogimiento plácido, generoso y doloroso; porque ella es tal que es bastante para enternecer los mármoles y ablandar los diamantes y los aceros de los más endurecidos corazones del mundo; pero antes de que llegue a vuestros oídos, por no decir orejas, quisiera que se me hiciera sabedora de si en este gremio, corro y compañía está el valerosísimo caballero don Quijote de la Manchísima y su escuderísimo Panza.

—El Panza —antes de que otro respondiese dijo Sancho— aquí está, y el don Quijotísimo asimismo; y así podéis, dolorosísima dueñísima, decir lo que quisiereis, que todos estamos prontos y aparejadísimos a ser vuestros servidorísimos.

En esto se levantó don Quijote y, dirigiéndose a la Dolorida Dueña, dijo:

—Si vuestras penas, angustiada señora, se pueden prometer alguna esperanza de remedio por el valor o las fuerzas de algún andante caballero, aquí están las mías, que, aunque flacas y leves, todas se emplearán en vuestro servicio. Yo soy don Quijote de la Mancha, cuyo oficio es acudir a toda clase de necesitados; y siendo esto así como

lo es, no necesitáis, señora, buscar benevolencias ni preámbulos, sino decir vuestros males llanamente y sin rodeos.

Oyendo lo cual la Dolorida Dueña hizo señal de querer arrojarse a los pies de don Quijote; y así lo hizo y, queriendo abrazarlos, decía:

—Ante estos pies y piernas me arrojo, ¡oh caballero invicto!, por ser bases y columnas de la andante caballería. Estos pies quiero besar, de cuyos pasos pende todo el remedio de mi desgracia.

Y dejando a don Quijote, se volvió a Sancho Panza y, asiéndole de las manos, le dijo:

—¡Oh tú, el más leal escudero que jamás sirvió a caballero andante en los pasados ni los presentes siglos; más largo en bondad que la barba de Trifaldín, que está presente! Bien puedes preciarte de que, sirviendo al gran don Quijote, sirves a todos los caballeros que han tratado las armas en el mundo. Te pido que seas para mí un buen intercesor con tu dueño para que favorezca a esta desdichadísima y humildísima condesa.

A lo que respondió Sancho:

—De que sea mi bondad, señora mía, tan larga como la barba de vuestro escudero, a mí hace muy poco al caso; pero sin tales plegarias, yo rogaré a mi amo que ayude a vuestra merced en todo lo que pudiere; vuestra merced cuente su pena y deje hacer, que todos nos entenderemos.

Reventaban de risa con estas cosas los duques y alababan entre sí el disimulo de la Trifaldi, la cual, volviendo a sentarse dijo:

—Del famoso reino de Candaya, que cae entre la gran Trapobana y el mar del Sur, más allá del cabo Comorín, fue señora la reina doña Maguncia, viuda del rey Archipiela, su marido, de cuyo matrimonio tuvieron a la infanta Antonomasia, heredera del reino; la cual infanta se crió y creció bajo mi tutela. Sucedió, pues, que, yendo los días, la niña Antonomasia llegó a los catorce años con gran perfección de hermosura y siendo tan inteligente como bella, con ser la más bella del mundo. De esta hermosura se enamoró un número infinito de príncipes, y entre ellos también un caballero particular que en la corte estaba, confiado en su mocedad y bizarría y en sus habilidades y gracias, pues tocaba muy bien la guitarra y además era poeta y un gran bailarín. Solamente hubo un daño en este asunto, que fue el de la desigualdad, por ser don Clavijo un caballero particular, y la infanta Antonomasia heredera, como ya he dicho, del reino de Candaya.

La Dueña Dolorida prosiguió diciendo:

—Al cabo de muchas demandas y respuestas, el vicario sentenció en favor de don Clavijo y se la entregó por su legítima esposa; por lo cual se disgustó y enojó tanto doña Maguncia, que al cabo de tres días la enterramos, y apenas la cubrimos de tierra cuando apareció sobre un caballo de madera el gigante Malambruno, primo de Maguncia, el cual, en venganza por la muerte de su prima hermana, y por castigo del atrevimiento de don Clavijo y por despecho de Antonomasia, los dejó encantados sobre la misma sepultura; a ella convertida en una mona de bronce, y a él en un espantoso cocodrilo y entre los dos está una inscripción en lengua siríaca con unas letras que, traducidas a la candayesca y ahora a la castellana, encierran esta sentencia: «No recobrarán su primera forma estos dos atrevidos amantes, hasta que el valeroso manchego venga conmigo a las manos en singular batalla; que sólo para su gran valor está guardada esta nunca vista aventura.»

»Hecho esto sacó de la vaina un largo y enorme alfanje y, asiéndome a mí por los cabellos, hizo ademán de querer cortarme la cabeza. Me asusté, se me pegó la voz a la garganta y quedé horrorizada; pero, con todo, me esforcé cuanto pude y con voz temblona y doliente le dije tantas y tales cosas que le hice suspender la ejecución del terrible castigo. Finalmente hizo traer ante sí a todas las damas de palacio, que son estas aquí presentes; y después de haber vituperado las malas artes de las dueñas dándonos la culpa de todo, dijo que no quería castigarnos con la pena capital, sino con otras penas que nos diesen la muerte continuamente; y en el mismo momento que acabó de decir esto, sentimos todas que se nos abrían los poros de la cara, y que por toda ella nos pinchaban como con puntas de agujas. Nos llevamos en seguida las manos al rostro, y nos hallamos de la manera que ahora veréis.

Y al instante la Dolorida y las demás dueñas alzaron los velos con que venían cubiertas, y descubrieron los rostros, todos poblados de barbas.

—De esta manera nos castigó aquel traidor de Malambruno. ¡Quisiera el cielo que antes con su alfanje gigantesco nos hubiese cortado las cabezas! Digo, pues, que ¿adónde podrá ir una dueña con barbas? ¿Quién se compadecerá de ella? ¿Quién le dará ayuda? ¡Oh dueñas y compañeras mías! ¡En desdichado instante nacimos!

Y diciendo esto, dio muestras de desmayarse.

Dice la historia que Sancho cuando vio desmayada a la Dolorida, dijo:

—Por la fe de hombre de bien que jamás pensé en tamaña aventura. Y este Malambruno, ¿no halló otro castigo para estas pecadoras sino el de barbarlas? Apostaré a que no tienen dinero para pagar a quien las rape.

—Así es, señor —respondió una de las doce—. Y hemos tomado como remedio usar unos parches pegajosos que aplicados a nuestro rostro nos lo dejen raso y liso.

—Yo me pelaría las mías en tierra de moros si no remediase las vuestras —dijo don Quijote.

En esto volvió en sí de su desmayo la Trifaldi y dijo:

—Vuestra promesa ha llegado a mis oídos y sólo os suplico que se convierta en obra.

—Ved, señora, qué es lo que tengo qué hacer, pues estoy dispuesto a serviros —respondió don Quijote.

—Es el caso que de aquí al reino de Candaya, si se va por tierra, hay cinco mil leguas; pero si se va por el aire y por línea recta, hay tres mil doscientas veintisiete. Es también de saber que Malambruno me dijo que, cuando encontrase a nuestro caballero libertador, él enviaría una cabalgadura, porque es un caballo que se rige por una clavija que tiene en el cuello, que le sirve de freno, y vuela por el aire con tanta ligereza que parece que los diablos lo llevan. Ese tal caballo fue compuesto por el sabio Merlín, quien se lo prestó a Pierres, que era su amigo, con el cual hizo grandes viajes y robó a la linda Magalona, llevándosela por el aire y dejando embobados a los que los miraban desde tierra; y no lo prestaba sino a quien él quería, o mejor, se lo pagaba; y desde el gran Pierres hasta ahora, no sabemos que nadie haya subido en él. De allí le ha sacado Malambruno con sus artes y le tiene en su poder, y se sirve de él en sus viajes, y lo bueno es que el tal caballo no come ni duerme ni gasta herraduras, y camina tan reposado por el aire, aunque no tenga alas, que el que cabalga puede llevar una taza llena de agua en la mano sin que se le derrame una gota.

A esto dijo Sancho:

—Para andar reposado y calmoso, mi rucio, aunque no ande por los aires sino por tierra.

Riéronse todos y la Dolorida prosiguió:

—Y ese tal caballo, si es que Malambruno quiere dar fin a nuestra desgracia, antes de que sea entrada la noche, estará en nuestra presencia.

—Y ¿cuántos caben en ese caballo? —preguntó Sancho.

La Dolorida respondió:

—Dos personas, una en la silla y otra en la grupa.

—Querría yo saber, señora Dolorida —dijo Sancho—, qué nombre tiene ese caballo.

—Ahora mismo lo sabréis —respondió la barbada condesa—; le cuadra mucho porque se llama *Clavileño* el Alígero, por ser de leño y por la clavija que lleva al cuello, y por la ligereza con que camina.

—No me desagrada el nombre —respondió Sancho—; pero ¿con qué freno se gobierna?

—Ya he dicho —respondió la Trifaldi— que con la clavija, que, moviéndola de un lado a otro el caballero que va encima, le hace caminar como quiere, bien por los aires, bien rastreando y casi barriendo la tierra, o por el medio.

—Ya lo querría ver —respondió Sancho—; pero pensar que tengo que subir en él, ni en la silla ni a la grupa, es pedir peras al olmo. ¡Bueno es que apenas puedo sostenerme sobre mi rucio y sobre una albarda más blanda que la misma seda, y querrían ahora que me sostuviese sobre unas ancas de madera sin cojín ni almohada alguna! Pardiez que no me pienso moler por quitar las barbas a nadie y no pienso acompañar a mi amo en tal viaje; cuanto más que yo no debo de ser necesario para el rapamiento de barbas, como lo soy para el desencanto de mi señora Dulcinea.

—Sí lo sois, amigo —replicó la Trifaldi—; y tanto que, sin vuestra presencia, me parece que no lograremos nada.

—Pero —dijo Sancho— ¿qué tienen

que ver los escuderos con las aventuras de sus señores? ¿Se han de llevar ellos la fama mientras los escuderos hacen el trabajo? Además, que los historiadores no los nombran para nada. Vuelvo a decir que mi señor se puede ir solo, que yo me quedaré aquí en compañía de la duquesa, mi señora, y cuando vuelva hallará mejorada la causa de Dulcinea.

—Con todo eso le habéis de acompañar si es necesario, buen Sancho; que no han de quedar por vuestro inútil temor tan poblados los rostros de estas señoras, que no estaría bien —dijo la duquesa.

Llegó en esto la noche y con ella el momento indicado para la venida del famoso *Clavileño*. De pronto entraron por el jardín cuatro salvajes que traían sobre sus hombros un gran caballo de madera. Lo pusieron de pie y uno de los salvajes invitó a don Quijote y a Sancho a subir en el caballo.

En cuanto la Dolorida vio a *Clavileño* dijo a don Quijote, casi con lágrimas:

—Las promesas de Malambruno han sido ciertas; el caballo está en casa, nuestras barbas crecen y cada una de nosotras te suplicamos que nos rapes, pues lo único que has de hacer es subir en él con tu escudero y que empiece felizmente vuestro nuevo viaje.

—Eso haré yo, señora condesa Trifaldi, de muy buen grado, sin pararme a tomar cojín ni a calzarme espuelas por no detenerme; tantas son las ganas que tengo de veros a vos, señora, y a todas estas dueñas rasas y mondas.

—Eso no haré yo —dijo Sancho— ni de buen grado ni de malo; y si es que el rapamiento no se puede hacer sin mí, que mi señor busque otro escudero que le acompañe, y estas señoras otro modo de alisarse los rostros; que yo no soy brujo para que me guste andar por los aires. Y otra cosa: que habiendo tres mil leguas de aquí a Candaya, si el caballo se cansa o el gigante se enoja, tardaremos en volver media docena de años, y ya no habrá isla ni cosa que se le parezca; quiero decir, que ya estoy bien en esta casa, de cuyo dueño espero tan gran bien como es verme gobernador.

A lo que dijo el duque:

—Sancho amigo, la isla que yo os he prometido no es movible ni fugitiva, sino que tiene raíces tan hondas que no la arrancarán de donde está a tres tirones; y como ya sabéis que estos asuntos de mayor cuantía se granjean a cambio de algún hecho determinado, el que yo quiero por este gobierno es que vayáis con vuestro señor don Quijote a dar cima a esta memorable aventura, tanto si volvéis sobre *Clavileño* tan pronto como promete su ligereza, como si habéis de regresar a pie de mesón en mesón; pues siempre que volváis hallaréis vuestra isla donde la dejéis y a vuestros isleños esperando con el mismo deseo que siempre han tenido.

—Bien, señor —respondió Sancho—: yo soy un pobre escudero y no puedo llevar a cuestas tantas cortesías. Suba mi amo, tápenme los ojos y encomiéndeme a Dios, y avíseme si, cuando vayamos por las alturas, podré encomendarme a Nuestro Señor.

A lo que respondió la Trifaldi:

—Sancho, bien podéis encomendaros a Dios; que Malambruno, aunque es encantador, es cristiano y hace sus encantamientos con mucho juicio y sin meterse con nadie.

—Ea, pues —dijo Sancho—: Dios me ayude y la Santísima Trinidad.

—Desde la memorable aventura de los batanes —dijo don Quijote— nunca he visto a Sancho con tanto miedo como ahora. Pero acercaos aquí, Sancho, que os quiero decir dos palabras.

Y don Quijote llevó a su escudero aparte y le dijo que recordara su promesa de darse los azotes y que este momento sería conveniente para aprovecharlo en este menester. Pero Sancho se evadió de su cumplimiento y le dijo que antes debía rapar a las dueñas.

Subieron ambos en el caballo de madera y don Quijote pidió a la Dolo-rida que le vendase los ojos con su pañuelo. Y luego dijo:

—Si mal no recuerdo yo he leído en Virgilio aquello del caballo de Troya que los griegos presentaron a la diosa Palas, que iba lleno de caballeros armados que después fueron la ruina de Troya; y así estaría bien ver primero lo que *Clavileño* lleva en su estómago.

—No hay para qué —dijo la Dolorida—; que yo sé que Malambruno no tiene nada de traidor. Suba vuestra merced, señor don Quijote, sin pavor alguno.

Parecióle a don Quijote que cualquier cosa que replicase acerca de su seguridad sería poner en duda su valentía; y sin más, subió sobre *Clavileño* y le tentó la clavija, que se movía con facilidad. Mal de su grado y poco a poco llegó a subir Sancho; y colocándose lo mejor que pudo en las ancas, las halló algo duras y nada blandas, y pidió al duque que, si fuese posible, le proporcionase algún cojín, aunque fuese el del estrado de la señora duquesa o del lecho de algún paje, porque aquel caballo más parecía de mármol que de madera.

A esto dijo la Trifaldi que *Clavileño* no soportaba sobre sí ningún género de adorno, y que lo que podía hacer era ponerse como las mujeres y así no notaría tanto la dureza.

Hízolo así Sancho; y diciendo adiós se dejó vendar los ojos, y ya después de vendados se volvió a descubrir y, mirando a todos los que se hallaban en el jardín con lágrimas en los ojos, les dijo que le ayudasen en aquel trance con sendos paternóster y sendas avemarías.

A lo que dijo don Quijote:

—Pero ¿estás puesto en la horca o has llegado al fin de tu vida para pedir semejantes plegarias? ¿No estás, desalmada y cobarde criatura, en el mismo lugar que ocupó la linda Magalona, del cual descendió, no a la sepultura, sino a ser reina de Francia, si las historias no mienten? Cúbrete, cúbrete, animal descorazonado, y no te salga a la boca el temor que tienes, al menos en mi presencia.

—Tápenme —respondió Sancho—; y pues que no quieren que me encomiende a Dios ni sea encomendado, ¿no será que anda por ahí alguna legión de diablos dispuestos a acabar con nosotros?

Cubriéronle, y notando don Quijote que estaba como había de estar, tocó la clavija; y apenas hubo puesto los dedos en ella cuando todas las dueñas y cuantos estaban presentes levantaron las voces, diciendo:

—¡Dios te guíe, valeroso caballero!

—¡Dios sea contigo, escudero intrépido!

—¡Tente, valeroso Sancho, que te bamboleas y vigila para que no te caigas!

Oyó Sancho las voces y se extrañó mucho de que fueran tan fuertes como si las tuviera al lado. Se lo dijo a su amo, el cual no le pareció nada insólito, sino natural.

En esto, con unas estopas encendidas pendientes de una caña les calentaban desde lejos los rostros, y Sancho se quejó del calor que sentía mientras su amo quería convencerle que todo era lógico y como debía ser.

Toda esta conversación de los valientes oían el duque y la duquesa y los del jardín, con lo que se divertían mucho; y queriendo dar remate a la extraña y bien tramada aventura, por la cola de *Clavileño* le pegaron fuego con unas estopas, y al punto, como estaba lleno de cohetes tronadores, voló por los aires con extraño ruido y dio con don Quijote y Sancho en el suelo, medio chamuscados.

En este tiempo ya había desaparecido del jardín todo el barbado escuadrón de las dueñas junto con la Trifaldi, y los del jardín quedaron como desmayados tendidos en el suelo. Don Quijote y Sancho se levantaron maltrechos y, mirando a todas partes, quedaron atónitos de verse en el mismo jardín de donde habían partido y de ver tendido tan gran número de gente;

y creció su admiración cuando, a un lado del jardín, vieron clavada en el suelo una gran lanza y, pendiente de ella por dos cordones verdes, un pergamino liso y blanco, en el cual con grandes letras de oro estaba escrito lo siguiente:

El ínclito caballero don Quijote de la Mancha acabó y dio fin a la aventura de la condesa Trifaldi, por otro nombre llamada la Dueña Dolorida, y compañía, sólo con intentarla.

Malambruno se da por contento y satisfecho, y las barbas de las dueñas ya quedan lisas y mondas y los reyes don Clavijo y Antonomasia han recuperado su antiguo estado; y cuando se cumpliere el escuderil vapuleo, la blanca paloma se verá libre de los malvados que la persiguen; que así está ordenado por el sabio Merlín, el encantador de los encantadores.

Habiendo, pues, don Quijote leído las letras del pergamino, entendió claro que hablaban del desencanto de Dulcinea; y dando muchas gracias al cielo de haber acabado con tan poco peligro tan gran hecho, volviendo a su antigua forma los rostros de las venerables dueñas, que ya no se veían, se fue adonde el duque y la duquesa aún no habían vuelto en sí y tomando de la mano al duque le dijo:

—Ea, señor, buen ánimo, que la aventura ya se ha acabado.

Como quien vuelve de un pesado sueño el duque fue volviendo en sí y del mismo modo la duquesa y todos cuantos estaban en el jardín. El duque leyó el cartel y luego abrazó a don Quijote, diciéndole que era el más buen caballero que ningún siglo había visto.

Los duques preguntaron a Sancho que cómo había ido el viaje y el escudero respondió:

—Como volábamos por arte de encantamiento podía yo ver toda la Tierra y todos los hombres por donde los mirara. Me vi tan cerca del cielo que no había desde él a mí palmo y medio, y puedo asegurar, señora mía, que es muy grande además. Y sucedió que íbamos por la parte donde están las siete cabrillas, y, por Dios, que como yo en mi niñez fui en mi tierra cabrerizo, así que las vi, me entraron unas ganas de entretenerme con ellas un rato, que si no llego a hacerlo reviento. Así que ¿qué hice? Sin decir nada a nadie, ni a mi señor tampoco, me apeé sin hacer ruido de *Clavileño* y me entretuve con las cabrillas, y *Clavileño* no se movió del sitio ni dio un solo paso.

—Y en tanto que Sancho se entretenía con las cabras —preguntó el duque—, ¿en qué se entretenía el señor don Quijote?

A lo que don Quijote respondió con firmeza:

—Como todas estas cosas y sucesos van fuera del orden natural, no es raro que Sancho diga lo que dice: de mí puedo decir que no me descubrí en absoluto, ni vi el cielo ni la tierra, ni el mar ni las arenas. Bien es verdad que sentí que pasaba por la región del aire y que incluso tocaba la del fuego; pero que pasásemos de allí no lo puedo creer; pues estando la región del fuego entre el cielo de la luna y la última región del aire, no podíamos llegar al cielo donde están las siete cabrillas, que Sancho dice, sin abrasarnos; y puesto que no fue así, o Sancho miente, o Sancho sueña.

—Ni miento ni sueño —respondió Sancho—; si no, pregúntenme las señas de tales cabras y verán si las digo o no.

—Dígalas, pues, Sancho —respondió la duquesa.

—Son —replicó Sancho— dos verdes, dos encarnadas, dos azules y una de mezcla.

—Nueva clase de cabras son ésas —dijo el duque—, y por esta nuestra región del suelo no se usan tales colores... digo, cabras de tales colores.

—Bien claro está eso —dijo Sancho—, pues ha de haber alguna diferencia entre las cabras del cielo y las del suelo.

No quisieron preguntarle más de su viaje, porque les pareció que Sancho era capaz de pasearse por todos los cielos sin haberse movido del jardín. En resumen, éste fue el final de la aventura de la Dueña Dolorida, que dio de qué reír a los duques para toda su vida, y qué contar a Sancho durante siglos si los viviese; y acercándose don Quijote a su oído, le dijo:

—Sancho, si vos queréis que se os crea lo que habéis visto en el cielo, yo quiero que me creáis a mí lo que vi en la cueva de Montesinos, y no os digo más.

144

CAPÍTULO XVIII

SANCHO PANZA, GOBERNADOR DE LA INSULA BARATARIA

CON EL GRACIOSO SUCESO DE LA AVENTURA de la Dueña Dolorida quedaron tan contentos los duques que decidieron pasar adelante con las burlas y ofrecer a Sancho el gobierno de la ínsula que don Quijote había prometido. Antes de partir, el caballero dio a su servidor una serie de atinados consejos:

—Teme a Dios, porque en el temerle está la sabiduría; conócete a ti mismo y haz gala de la humildad de tu linaje; hallen en ti más compasión las lágrimas del pobre, pero no más justicia, que las informaciones del rico; procura descubrir la verdad por entre las promesas y dádivas del rico como por entre los sollozos e importunidades del pobre; al que has de castigar con obras no trates mal con palabras. Te encargo que seas limpio; anda despacio y habla con reposo; come poco

y cena menos; sé templado en el beber y no mezcles en tus pláticas los refranes que sabes.

—Todos son cosas buenas, santas y provechosas —repuso el escudero—, pero será preciso que me lo dé por escrito por si me olvido de alguno.

Llevando adelante sus burlas, los duques enviaron aquella tarde a Sancho, con mucho acompañamiento, a lo que para él había de ser ínsula, un lugar de hasta mil vecinos. Diéronle a entender que se llamaba la ínsula Barataria. Salieron a recibirle los del pueblo con gran algazara y luego el mayordomo le acompañó hasta la silla del juzgado para que impartiera justicia como era mandado. Así lo hizo Sancho, con sus ropas nuevas en las que se sentía más bien encogido, y sus respuestas y decisiones admiraron

145

a todos, llegando a no considerarle tan mentecato y escudero de un loco, como se decía.

En este instante entraron en el juzgado dos hombres ancianos; uno de ellos traía una caña como bastón, y el que no lo llevaba dijo:

—Señor, a este buen hombre le presté hace días diez escudos de oro por hacer una buena obra, con la condición de que me los devolviese cuando se los pidiese. Pasaron muchos días sin pedírselos por no acuciarle a devolvérmelos; pero ya se los he pedido muchas veces y no sólo no me los devuelve, sino que me los niega y dice que nunca se los presté, y que si se los presté ya me los ha devuelto. Yo no tengo testigos del prestado ni de la vuelta, porque no me los ha devuelto; y si jura que me los ha vuelto, yo se los perdono por Dios de aquí en adelante.

—¿Qué decís vos a esto, buen viejo del báculo? —dijo Sancho.

—Yo, señor, confieso que me los prestó, y baje vuestra merced esa vara; y puesto que él lo deja a mi juramento, yo juraré que se los he vuelto y pagado real y verdaderamente.

Bajó el gobernador la vara, y mientras el viejo del báculo dio el bastón al otro viejo para que se lo aguantase mientras juraba, como si le estorbase; y luego puso la mano en la cruz de la vara, diciendo que era verdad que se le habían prestado aquellos diez escudos que se le pedían; pero que él los había devuelto de su mano a la suya.

Viendo lo cual el gran gobernador preguntó al acreedor qué respondía a lo que decía su contrario; y dijo que sin duda alguna su deudor debía de decir verdad, porque le consideraba buen hombre y buen cristiano, y que a él se le debía de haber olvidado cómo y cuándo se los había devuelto y que de allí en adelante jamás le pediría nada.

Tornó a tomar el bastón su deudor y, bajando la cabeza, salió del juzgado. Viendo, pues, Sancho que se iba sin más y viendo también la paciencia del demandante, inclinó la cabeza sobre el pecho y, poniéndose el índice de la mano derecha sobre las cejas, estuvo como pensativo un rato; y luego alzó la cabeza y mandó que llamasen al viejo del bastón, que ya se había ido. Trajéronselo, y al verle Sancho le dijo:

—Dadme, buen hombre, ese báculo, que lo necesito.

—De muy buena gana —respondió el viejo—. Hele aquí, señor.

Tomólo Sancho y, dándoselo al otro viejo, le dijo:

—Andad con Dios, que ya estáis pagado.

—¿Yo, señor? —respondió el vie-

146

jo—. Pues ¿vale esta caña diez escudos de oro?

—Sí —dijo el gobernador—; o de lo contrario, yo soy el mayor burro del mundo, y ahora se verá si sirvo para gobernar un reino.

Y mandó que allí delante se rompiese y abriese la caña, y dentro de ella hallaron diez escudos de oro que relucían como el sol.

Quedaron todos admirados y tuvieron a su gobernador por un nuevo Salomón.

Cuenta la historia que después llevaron a Sancho Panza a un suntuoso palacio y allí en una mesa, repleta de viandas, se sentó el nuevo gobernador. Pero cuando estaba a punto de probar el primer bocado el médico de palacio le indicó que no era conveniente para su salud, imaginando mil pretextos distintos.

—Aquel plato de perdices no me hará daño —decía Sancho.

—De esas perdices no comerá el señor gobernador en tanto que yo tuviera vida.

—Pues ¿cuál manjar me hará más provecho?

—Mi parecer es que no coma de aquellos conejos guisados, porque es manjar peliagudo. Y tampoco de aquella ternera, ni por supuesto de la olla.

Oyendo esto, Sancho se arrimó sobre el espaldar de la silla, miró de hito en hito al médico y con voz grave le preguntó cómo se llamaba y dónde había estudiado.

—Me llamo doctor Pedro Recio de Agüero; soy natural de Tirteafuera y tengo el grado de doctor por la universidad de Osuna.

—Pues quítese de delante si no quiere que le dé garrotazos —gritó Sancho.

Iba a salir el doctor, asustado por la cólera del escudero, cuando sonó una corneta de posta en la calle y anunciaron que traía un despacho del duque.

Entró el correo, entregó la misiva y uno de los secretarios la leyó en voz alta: «A mi noticia ha llegado, señor don Sancho Panza, que unos enemigos míos intentan asaltar la ínsula. Tomad previsiones que yo no dejaré de ayudaros. Vuestro amigo el duque.»

Quedó atónito Sancho y mostraron quedarlo asimismo todos los presentes.

Por la noche, Sancho cenó un poco con licencia del médico y después hicieron la ronda por el pueblo para ver qué pasaba.

Al cabo de varios días, Sancho empezó a estar harto del gobierno de la ínsula, entre el poco comer y el no mucho dormir, con tantas audiencias y siempre con el miedo de que los enemigos del duque atacaran la ínsula. En esto una noche, cuando estaba ya en el primer sueño, le despertaron ruidos de campanas y voces. Se levantó en seguida, abrió la puerta de su alcoba y encontró a unas veinte personas con las espadas desenvainadas gritando que el enemigo se acercaba y que había que luchar.

A pesar de sus protestas, Sancho fue armado para la lucha. Le trajeron dos escudos y encima de la camisa le pusieron uno y el otro detrás, y por unas concavidades le sacaron los brazos y le liaron muy bien con unos cordeles, de modo que quedó emparedado y entablado. Pusiéronle en las manos una lanza, a la cual se arrimó para poder tenerse en pie. Luego le dijeron que caminase, cuando en realidad no podía hacerlo. Sin embargo, probó y fue a dar en el suelo. Entonces se simuló una batalla en la que el pobre escudero sólo era simple espectador, aunque con la angustia y el miedo que es de suponer creyendo que era verdad todo cuanto acontecía.

—¡Victoria, victoria! ¡Los enemigos han sido derrotados! —gritaban—. Levántese, el muy ilustre señor gobernador, y venga a gozar del triunfo conseguido.

Pero Sancho había reflexionado mientras duraba la supuesta batalla. Nada le importaba el gobierno de aquella ínsula, sino sólo gozar de paz y tranquilidad. Fue a palacio, se vistió con sus antiguas ropas de escudero y después se dirigió a la caballeriza, y llegándose al rucio le abrazó y le dio un beso en la frente. Enalbardado el asno subió sobre él y luego se dirigió a todos los que habían acudido a despedirle:

—Abrid camino, señores míos, y dejadme volver a mi antigua libertad. Dejadme que vaya a buscar la vida pasada, para que me rescate de esta muerte presente. Yo no nací para ser gobernador, ni para defender ínsulas. Más entiendo yo de arar y cavar, podar y ensarmentar viñas que de dar leyes. Bien está san Pedro en Roma, es decir, bien está cada uno en su oficio. Digan al duque que sin blanca entré y sin ella salgo, y ahora apártense.

Todos le ofrecieron compañía y lo que necesitase, pero Sancho sólo aceptó un poco de cebada para el rucio y medio queso y medio pan para él.

Cabalgando en su asno, a Sancho se le pasó el día y le sorprendió la noche, pero quiso su mala ventura que buscando un lugar para acomodarse cayeron él y rocín en una honda y oscura sima. Dentro de la desgracia tuvo la suerte que el rucio quedó en el fondo y él se halló encima del animal sin haber recibido daño alguno.

Saliendo de mañana a pasear don Quijote llegó a poner los pies tan junto a una cueva, que a no tirar fuertemente de las riendas de *Rocinante* fuera imposible no caer en ella. Se acercó y miró aquella hondura y en esto oyó grandes voces dentro. Parecióle que era la voz de Sancho Panza y preguntó a gritos:

—¿Quién es?

—Sancho Panza, gobernador de la ínsula Barataria y escudero de don Quijote de la Mancha.

—Espérame —dijo el caballero—, iré al castillo del duque y traeré quien te saque de esta sima.

Hízolo así y los sirvientes del duque, con sogas y maromas, lograron rescatar a Sancho y al rucio.

Cuando se presentó Sancho ante los duques les explicó lo sucedido en la ínsula y su renuncia al cargo. El duque le abrazó y lo mismo hizo la duquesa, y como don Quijote manifestara deseos de volver a emprender aventuras, les dejaron partir, contentos de haber llevado a buen término las burlas proyectadas.

Amo y escudero en sus respectivas cabalgaduras salieron del castillo camino de Zaragoza. La casualidad hizo que en una venta donde pernoctaron hallaron a un tal Jerónimo, que aseguraba haber leído la segunda parte de don Quijote de la Mancha, en la que el héroe olvidaba a su Dulcinea y en la que se refería su estancia en Zaragoza.

—No es ésta la historia verdadera; por tanto, no pondré los pies en Zaragoza y así sacaré a la plaza la mentira de este historiador —afirmó don Quijote.

—Hará muy bien —repuso don Jerónimo— y otras justas hay en Barcelona, donde podrá el señor don Quijote mostrar su valor.

—Así lo pienso hacer —dijo don Quijote—; vuestra merced me dé licencia, pues ya es hora de irme.

Don Quijote y Sancho se retiraron a su aposento, dejando a don Jerónimo, al ventero y a los que allí estaban admirados al ver la mezcla que había hecho el ingenioso hidalgo de su discreción y locura.

CAPÍTULO XIX

LLEGADA A BARCELONA Y ÚLTIMAS AVENTURAS HASTA SU MUERTE

AMO Y ESCUDERO SE DIRIGIERON A BARcelona, sin tocar en Zaragoza. En seis días no les sucedió cosa digna de mención y al cabo de ellos les tomó la noche entre unas espesas encinas o alcornoques.

Sancho se dejó entrar de rondón por las puertas del sueño y, yendo a arrimarse a un árbol, sintió que le tocaban la cabeza. Alzando las manos, topó con dos pies de persona, con zapatos y calzas. Tembló de miedo; acudió a otro árbol y le sucedió lo mismo. Llamó a don Quijote y ambos comprobaron que todos los árboles estaban llenos de pies y de piernas humanas.

—No debes tener miedo, Sancho. Por lo que veo serán algunos forajidos y bandoleros.

Al apuntar el alba, alzaron los ojos y vieron los racimos de aquellos árboles, que eran cuerpos de bandoleros. Pero en esto, de improviso les rodearon más de cuarenta bandoleros vivos, que les intimaron en lengua catalana que estuviesen quietos hasta que llegase su capitán, que no era otro que Roque Guinart, el cual, llegado poco después, una vez hubo conocido que se trataba de don Quijote de la Mancha, les atendió en lo que pudo y no permitió les robasen nada. Además les indicó el camino para llegar a Barcelona no sin que antes enviara cartas a sus amigos de la ciudad para darles cuenta de la llegada del caballero andante.

Una vez en la ciudad, don Quijote y Sancho fueron recibidos con gran algazara y todos se disputaban el honor de servir al ínclito manchego.

Uno de los personajes que agasaja-

ron más al caballero fue don Antonio Moreno, que le tuvo muchos días en su casa, y que se deleitó sobremanera en la narración de las aventuras de don Quijote y las de Sancho Panza. Para mejor burlarse del hidalgo, don Antonio Moreno le enseñó una cabeza de bronce, puesta sobre la mesa, y le dijo que había sido fabricada por uno de los mejores encantadores del mundo.

—Esta cabeza —dijo— tiene la propiedad de responder a todas las cosas que al oído le pregunten.

Don Antonio invitó a unos amigos a su casa y quiso hacer la prueba de la cabeza encantada en presencia de don Quijote y Sancho.

—Dime, cabeza, ¿cuántos estamos aquí? —preguntó don Antonio.

—Estáis tú y tu mujer, con dos amigos tuyos y dos amigos de ella y un caballero llamado don Quijote y su escudero Sancho Panza.

Hicieron los presentes otras preguntas y a todas contestó la cabeza de bronce ante el asombro general.

Excepto don Quijote y Sancho todos estaban en el secreto, que era muy simple: se reducía a que por el pie, mesa y garganta de la figura corría un cañón de hojalata que nadie podía ver. En el aposento de abajo se colocaba el que había de responder con la boca pegada al cañón.

Una mañana salió don Quijote a pasear por la playa de Barcelona, armado de todas sus armas, y vio venir hacia él un caballero armado asimismo de punta en blanco, que le intimó a confesar que su dama era más hermosa que Dulcinea del Toboso, y que él era el caballero de la Blanca Luna.

—Insigne caballero y jamás como se debe alabado don Quijote de la Mancha, yo soy el caballero de la Blanca Luna, cuyas inauditas hazañas quizás habrán llegado a tus oídos. Vengo a luchar contigo y a probar la fuerza de tu brazo para hacerte comprender y confesar que mi dama, sea quien fuere, es sin comparación más hermosa que tu Dulcinea del Toboso; la cual verdad, si tú la confiesas ahora, te ahorrará la muerte y el trabajo que yo he de tener en dártela; y si tú pelearles y yo te venciere, no quiero otra satisfacción sino que dejes las armas y te abstengas de buscar aventuras y te retires a tu lugar durante un año, donde has de vivir sin echar mano a la espada, en paz y tranquilidad, porque así conviene a tu hacienda y a la salvación de tu alma; y si tú me vences, haz lo que quieras conmigo y podrás quedarte con mis armas y mi caballo y pasará a ti la fama de mis hazañas. Mira lo que prefieres y respóndeme pronto, porque sólo dispongo de este día para despachar este asunto.

Don Quijote quedó suspenso y atónito, tanto de la arrogancia del caballero de la Blanca Luna como de la causa por la que le desafiaba, y con mucha calma y serenidad le respondió:

—Caballero de la Blanca Luna, yo me atrevo a jurar que jamás habéis visto a la hermosa Dulcinea; porque si la hubieseis visto no me pediríais eso, ya que comprobaríais que no hay belleza alguna que pueda comparársele; y así, no diciéndoos que mentís, sino que no acertáis en lo propuesto, acepto vuestro desafío, y en seguida, para que no se pase el día que tenéis determinado. Tomad, pues, la parte de campo que quisiereis, que yo haré lo mismo; y a quien Dios se la dé, san Pedro se la bendiga.

Habían descubierto en la ciudad al caballero de la Blanca Luna y se lo habían dicho al virrey. Este, creyendo que sería alguna nueva aventura preparada por don Antonio Moreno o por algún otro caballero de la ciudad, salió a la playa con el propio don Antonio, y otros muchos caballeros y Sancho, en el momento en que don Quijote volvía las riendas de *Rocinante* para alejarse el espacio necesario. Viendo, pues, el virrey que los dos se disponían a luchar, se puso en medio preguntándoles cuál era la causa que les movía a pelear tan de improviso. El caballero de la Blanca Luna le explicó en pocas palabras cuál era el motivo y las condiciones del desafío. Acercóse el virrey a don Antonio y le preguntó en voz baja si sabía quién era el tal caballero de la Blanca Luna o si era alguna burla que querían hacer a don Quijote. Don Antonio le respondió que ni sabía quién era ni si era de broma o de veras el tal desafío. Esta respuesta hizo dudar al virrey sobre si les dejaría o no seguir adelante con su batalla; pero convencido de que no podía tratarse más que de una burla, se apartó, diciendo:

—Señores caballeros, si no hay otro remedio que confesar o morir y el señor don Quijote está en sus trece, y vuestra merced el de la Blanca Luna en sus catorce, pueden luchar. Por mi parte doy autorización.

Agradeció el de la Blanca Luna muy cortésmente al virrey el permiso que le daba y don Quijote hizo lo mismo; el cual, encomendándose de todo corazón al cielo y a su Dulcinea, como tenía por costumbre al comenzar una batalla, volvió a alejarse un poco más, porque vio que su contrincante hacía lo mismo; y sin tocar trompeta ni instrumento alguno que les diese señal de arremeter, volvieron ambos las riendas de sus caballos en el mismo instante; y como era más ligero el de la Blanca Luna, llegó a don Quijote a los dos tercios del camino y allí le encontró con tanta fuerza, sin tocarle con la lanza (que levantó, al parecer, a propósito), que tiró a don Quijote y a *Rocinante* al suelo en una peligrosa caída.

Abalanzóse sobre él y, poniéndole la lanza sobre la visera, le dijo:

—Vencido estáis, caballero; e incluso muerto, si no confesáis las condiciones de nuestro desafío.

Don Quijote, molido y aturdido sin quitarse la visera, como si hablara desde una tumba, repuso con voz débil:

—Dulcinea del Toboso es la mujer más hermosa del mundo y yo el más desdichado de los caballeros; y no está bien que mi flaqueza falsee esta verdad; aprieta, caballero, la lanza y quítame la vida, puesto que me has quitado la honra.

—Eso no lo haré —dijo el de la Blanca Luna—; viva la fama de la hermosura de la señora Dulcinea del Toboso, que yo me contento con que el famoso don Quijote de la Mancha se retire a su lugar un año o el tiempo que yo mande, como concertamos antes de entrar en combate.

Todo esto oyeron el virrey y don Antonio, con otros muchos que allí estaban; y oyeron también que don Quijote respondió que, como no le pidiese nada que perjudicase a Dulcinea, todo lo demás lo cumpliría como caballero. Hecha esta confesión, volvió riendas el de la Blanca Luna y, haciendo una inclinación de cabeza al virrey, se dirigió a la ciudad al galope. Mandó el virrey a don Antonio que fuese tras él y que se enterase de quién era. Levantaron a don Quijote, descubriéndole el rostro, y le hallaron pálido y sudoroso. *Rocinante*, de puro mal que estaba, no se podía mover. Sancho, todo triste y pesaroso, no sabía qué hacer ni qué decir. Le parecía que aquello era un sueño o cosa de encantamiento. Veía a su señor rendido y obligado a no tomar las armas en un año y la esperanza de sus nuevas proezas se deshacía como el humo en el viento. Finalmente, con una silla de manos, que mandó traer el virrey, le llevaron a la ciudad; y el virrey se volvió también a ella con el deseo de saber quién era el caballero de la Blanca Luna.

Uno de los amigos de don Antonio Moreno siguió al caballero de la Blanca Luna y pudo averiguar lo ocurrido. Se trataba del bachiller Sansón Carrasco, que había querido así obligar a don Quijote a regresar a su aldea. El anterior fracaso como caballero de los Espejos sirvió de estímulo al bachiller para lograr su propósito.

Iba el vencido don Quijote pensativo por una parte y muy alegre por otra. Causaba su tristeza el vencimiento y su alegría el considerar la virtud de Sancho. No iba nada alegre Sancho; y yendo y viniendo en estos pensamientos dijo a su amo:

—Bien, señor, yo quiero disponerme a dar gusto a vuestra merced en lo que desea, con provecho mío; que el amor de mis hijos y de mi mujer hace que me muestre interesado. Dígame vuestra merced cuánto me pagará por cada azote que me diere.

—Si yo te hubiera de pagar, Sancho —respondió don Quijote—, conforme lo que merece la grandeza y calidad de este remedio, el tesoro de Venecia y las minas de Potosí fueran poco para pagarte; mira tú el dinero mío que llevas y pon el precio a cada azote.

—Son —respondió Sancho— tres mil trescientos azotes; de ellos me he dado cinco y quedan los demás; entren en la cuenta estos cinco y contemos tres mil trescientos, que a cuartillo cada uno (que no cobraré menos), suben tres mil trescientos cuartillos, que serán ochocientos veinticinco reales. Separaré éstos de los que llevo de vuestra merced, y entraré en mi casa rico y contento aunque bien azotado..., y no digo más.

—¡Oh, Sancho bendito! ¡Oh, Sancho amable! —respondió don Quijote—. ¡Cuán obligados quedaremos Dulcinea y yo a servirte todos los días que el cielo nos diese de vida! Si ella vuelve a su perdido aspecto (que seguro que volverá), su desdicha habrá sido mi dicha, y mi vencimiento, felicísimo triunfo, y mira, Sancho, cuándo quieres

empezar la disciplina; que para que la abrevies, te añado cien reales. Esto lo digo y lo prometo.

—¿Cuándo? —replicó Sancho—. Esta noche sin falta. Procure vuestra merced que la pasemos en el campo a cielo abierto, que yo me abriré mis carnes.

Llegó la noche, esperada por don Quijote con la mayor ansiedad del mundo. Finalmente, se metieron entre unos lozanos árboles que estaban poco alejados del camino, donde, dejando vacías la silla y la albarda de *Rocinante* y el rucio, se tendieron sobre la verde hierba y cenaron de las provisiones de Sancho, el cual, haciendo con el cabestro del rucio un poderoso y flexible azote, se separó unos veinte pasos de su amo, entre unas hayas.

Don Quijote, que le vio ir con tantos ánimos y bríos, le dijo:

—Mira, amigo, que no te hagas pedazos; no quieras correr tanto en la carrera que a mitad de ella te falte el aliento: quiero decir que no te des tan fuerte que te falte la vida antes de llegar al número deseado; y para que no te des de más ni de menos yo estaré contando aparte los azotes que te dieres. Favorézcate el cielo conforme merece tu buena intención.

—Al buen pagador no le duelen prendas —respondió Sancho—; yo pienso darme de manera que, sin matarme, me duela; que en esto debe consistir la sustancia de este milagro.

Desnudóse luego de medio cuerpo arriba y, arrebatando el cordel comenzó a darse, y comenzó don Quijote a contarle los azotes.

Hasta seis u ocho se habría dado Sancho cuando le pareció que era pesada la burla y muy barato el precio de ella; y deteniéndose un poco, le dijo a su amo que cada azote de aquéllos merecía ser pagado a medio real y no a cuartillo.

—Prosigue, Sancho, y no desmayes —le dijo don Quijote—, que ya te doblo el precio.

—De ese modo —respondió Sancho— ya pueden llover azotes.

Pero el tunante dejó de dárselos en las espaldas y daba en los árboles, dando de cuando en cuando unos suspiros que parecía que le arrancaban el alma.

Don Quijote, temeroso de que se le acabase la vida y no consiguiese su deseo por la imprudencia de Sancho, le dijo:

—Por tu vida, amigo, que se quede aquí este asunto; que me parece muy áspera esta medicina y es mejor dar tiempo al tiempo. Más de mil azotes, si no he contado mal, te has dado; bastan por ahora.

—No, no, señor —respondió Sancho—. Apártese vuestra merced un poco y déjeme darme, al menos, otros mil azotes, que con dos tandas de éstas habremos acabado.

—Puesto que te hallas en tan buena disposición —dijo don Quijote—, que el cielo te ayude y pégate; pero yo me aparto.

Volvió Sancho a su tarea con tantos ánimos que ya había quitado las cortezas a muchos árboles; y alzando la voz y dando un terrible azote a un haya, dijo:

—Aquí morirá Sansón y cuantos con él son.

Acudió don Quijote en seguida al oír la lastimada voz y el fuerte golpe del azote; y tirando de la rienda que servía de látigo a Sancho, le dijo:

—No permita la suerte, Sancho amigo, que por mi gusto pierdas tú la vida que ha de servir para sustentar a tu mujer y a tus hijos. Espere Dulcinea mejor ocasión, que yo esperaré también a que cobres nuevas fuerzas, para que se concluya este asunto a gusto de todos.

—Pues vuestra merced, señor mío, lo quiere así —respondió Sancho—, que sea en buena hora; y écheme algo sobre las espaldas, que estoy sudando y no querría resfriarme.

Hízolo así don Quijote y abrigó a Sancho, el cual se durmió hasta que le despertó el sol; y luego volvieron a proseguir su camino, al que dieron fin en un lugar que estaba a tres leguas de allí. Casi todo aquel día, esperando la noche, estuvieron en aquel lugar don Quijote y Sancho, el uno para acabar en el campo su tanda de disciplina y el otro para ver el fin de ella.

Llegó la tarde, partieron de allí y aquella noche la pasaron entre los árboles para que Sancho pudiera cumplir su penitencia, lo cual hizo, del mismo modo que la noche pasada, a costa de las cortezas de las hayas más que de sus espaldas. No perdió el engañado don Quijote ni un solo golpe de la cuenta, y vio que con los de la noche pasada eran tres mil veintinueve. Parece que había madrugado el sol a ver el sacrificio, a cuya luz volvieron a proseguir su camino. Aquel día y aquella noche caminaron sin que les sucediese nada digno de contarse, si no fue que en ella acabó Sancho su tarea, de lo que don Quijote quedó contentísimo, y esperaba el día por ver si en el camino encontraba a Dulcinea ya desencantada; y todas las mujeres que hallaba, miraba si eran Dulcinea del Toboso, pues consideraba que no podían mentir las promesas del sabio encantador Merlín.

Con estos pensamientos y deseos, subieron una cuesta arriba desde la cual descubrieron su aldea, la cual vista por Sancho, se puso de rodillas y dijo:

—Abre los ojos, deseada patria y mira que vuelve a ti Sancho Panza, tu hijo, si no muy rico, muy bien azotado. Abre los brazos y recibe también a tu hijo don Quijote; que, si viene vencido de los brazos ajenos, viene vencedor de sí mismo, lo cual, según él me ha dicho, es el mayor vencimiento que puede desearse. Dineros llevo, porque, si buenos azotes me daban, bien caballero me iba.

—Déjate de esas tonterías —dijo don Quijote— y vamos con pie derecho a entrar en nuestro lugar, donde nos dedicaremos a imaginar la vida pastoral que pensamos ejercitar a partir de ahora.

Con esto, bajaron de la cuesta y se fueron a su pueblo.

A la entrada de su aldea vio don Quijote que en las eras del lugar estaban riñendo dos muchachos, y el uno dijo al otro:

—No te canses, Periquillo, que no la has de ver en todos los días de tu vida.

Oyólo don Quijote y dijo a Sancho Panza:

—¿No oyes, amigo, lo que aquel muchacho ha dicho: No la has de ver en todos los días de tu vida?

—Pues bien, ¿qué importa —respondió Sancho— que haya dicho eso el muchacho?

—¿Qué? —replicó don Quijote—. ¿No ves tú que aplicándome a mí esas palabras significan que no he de ver más a Dulcinea?

Queríale responder Sancho, cuando se lo impidió ver que por aquel campo venía huyendo una liebre seguida de muchos galgos y cazadores; la cual, temerosa, se vino a acoger bajo las patas del rucio. Cogióla Sancho y se la presentó a don Quijote, el cual estaba diciendo:

—«Malum signum, malum signum». Liebre huye, galgos la persiguen. ¡Dulcinea no aparece!

—Extraño es vuestra merced —dijo Sancho—. Supongamos que esta liebre es Dulcinea del Toboso y estos galgos que la persiguen son los malandrines encantadores que la transformaron en labradora; ella huye, yo la cojo y la pongo en poder de vuestra merced, que la cuida y la protege. ¿Qué mal agüero se puede tomar de aquí?

Los dos muchachos de la pendencia se acercaron al ver la liebre y a uno de ellos preguntó Sancho por qué reñían. Y le respondieron que el que había dicho las palabras anteriores le había cogido al otro una jaula de grillos y no pensaba devolvérsela.

Sacó Sancho cuatro cuartos de su bolsa y dióselos al muchacho por la jaula, y púsola en manos de don Quijote diciéndole:

—He aquí, señor, rotos y quebrantados estos agüeros, que no tienen nada que ver con nuestros asuntos; y si mal no recuerdo he oído decir al cura de mi pueblo que no es de buenos cristianos creer en estas niñerías; e incluso vuestra merced me lo dijo uno de estos días; y no hay que preocuparse más de esto, sino seguir adelante y entrar en nuestra aldea.

Llegaron los cazadores, pidieron su liebre y diósela don Quijote; pasaron adelante y a la entrada del pueblo se encontraron en un prado al cura y al bachiller Carrasco. Sancho había echado sobre el rucio y sobre el paquete de las armas la túnica roja que le pusieron en el castillo del duque. Fueron reconocidos al punto por el cura y el bachiller, que se acercaron a ellos con los brazos abiertos. Apeóse don Quijote y les abrazó; y los muchachos, que vieron los adornos del jumento, acudieron a verle y decían los unos a los otros:

—Venid, muchachos, y veréis al asno de Sancho Panza más elegante que Mingo, y la bestia de don Quijote más flaca hoy que el primer día.

Finalmente, rodeados de muchachos y acompañados del cura y del bachiller, entraron en el pueblo y se fueron a casa de don Quijote y hallaron a la puerta de ella al ama y a la sobrina, que ya habían sabido que venían. Ni más ni menos lo sabía Teresa Panza, la cual, desgreñada, llevando de la